STORY IN REVERSE

Mia B. Meyers

Erstausgabe Januar 2021

Bibliografische Information der Deutschen Nationalbibliothek:
Die Deutsche Nationalbibliothek verzeichnet diese Publikation in der
Deutschen Nationalbibliografie; detaillierte bibliografische Daten sind
im Internet über http://dnb.dnb.de abrufbar.

Erstauflage Januar 2021
Copyright © 2021
Mia B. Meyers
c/o autorenglück.de
Franz-Mehring-Str. 15
01237 Dresden
Keine Annahme von Paketen. Dafür bitte gesondert per E-Mail anfragen.

Lektorat: Susan Liliales, Paula Herzbluth
Korrektorat: Schreib- und Korrekturservice Heinen
Covergestaltung: www.sturmmöwen.at
Covermotiv: Shutterstock.com

Alle Rechte vorbehalten! Nachdruck, auch auszugsweise, nur mit schriftlicher Genehmigung der Autorin. Personen und Handlungen dieser Geschichte sind frei erfunden. Jede Ähnlichkeit mit lebenden oder verstorbenen Personen, Orten oder Ereignissen sind zufällig und unbeabsichtigt.
Markennamen, die genannt werden, sind Eigentum ihrer rechtmäßigen Eigentümer.

Herstellung und Verlag: BoD – Books on Demand, Norderstedt
ISBN: 978-3-7526-3894-3

Dieser Roman ist auch als E-Book erhältlich.

www.miabmeyers.com

Liebe Leserin, lieber Leser,

um einer eventuellen Enttäuschung vorzubeugen, möchte ich dich an dieser Stelle vorwarnen.

Vermutlich werden sich meine Protagonisten stellenweise sehr speziell ausdrücken. Sie lieben klare Worte, zu denen auch der ein oder andere Kraftausdruck gehört.

Und ja, dem ist – ganz unabhängig von ihrem Alter oder ihrem beruflichen Erfolg – so.

Alle meine Protagonisten sind fiktional und dürfen es somit. Darüber hinaus, wer weiß schon, wie die oberen Zehntausend wirklich miteinander reden?!

Sollte schon dieses Vorwort nicht deinem Geschmack entsprechen, wird es leider auch der Rest nicht tun. Das würde ich zwar sehr bedauern, aber Geschmäcker sind nun einmal verschieden.

In diesem Fall muss ich mich an dieser Stelle leider von dir verabschieden. Ansonsten wünsche ich dir ganz viel Spaß beim Lesen und hoffe sehr, dass es dir gefallen wird.

Deine Mia

Shot

Nein, nicht wach werden! Lass die Augen nur noch kurz zu, beschwöre ich mich selbst und strecke die Beine unter der warmen Bettdecke aus. Das Sonnenlicht scheint durch das Fenster ins Zimmer und blendet mich sogar durch die geschlossenen Lider. Warum ist der Rollladen nicht unten? Ich könnte aufstehen, ihn herunterlassen und weiterschlafen. Genervt stöhne ich und verziehe den Mund. Nein, das will ich nicht.

Kurzerhand drehe ich mich auf die andere Seite, knautsche mein Kissen zusammen und schiebe es mir wieder unter den Kopf. Ja, so geht es.

Bewegt sich die Matratze? Scheiße ja, sie regt sich. Erschrocken reiße ich die Augen auf und erstarre. Mein Herz schlägt so heftig, dass ich es bis in den Hals spüre.

Was zur Hölle ...?

Ich runzle die Stirn und halte den Atem an – da, schon wieder. Und was ist das für ein Nachttisch? Ohne den Kopf zu bewegen, wandert mein Blick Richtung Bettbezug, auch den habe ich bisher nie gesehen. Ich schlucke gegen das trockene Gefühl im Mund an und schaue mich um. Sieht nach Hotelzimmer aus. Was zur Hölle mache ich einem Hotel und noch viel wichtiger, wer oder was liegt mit mir in diesem Bett?

Amy

Warum noch mal habe ich mich von Holly breitschlagen lassen, sie zu begleiten? An einem Samstag wie heute ist die Warteschlange derer, die ins *Lamour* wollen, Hunderte Meter lang. Die Leute stehen Stunden an, nur um dann am Türsteher zu scheitern, der sie nicht hineinlässt. Keine Ahnung, wonach er sich richtet, aber sein knallharter Ruf eilt ihm voraus.

Ich laufe an der Kolonne vorbei und Scott – besagter Türsteher – zieht den Mundwinkel leicht nach oben, korrigiert diesen Fehler jedoch sofort wieder. Schließlich ist er ein harter Hund und die lachen nicht.

»Amy. Dich habe ich ja ewig nicht gesehen«, begrüßt er mich und deutet einen Kuss auf meine Wange an. Mit meinen 1,75 Meter bin ich nicht gerade klein, aber Scott muss sich dennoch ein ganzes Stück herunterbeugen. »Gut siehst du aus.« Er lässt den Blick an meinem schwarzen Kleid entlangwandern, das kurz über den Knien endet. Noch dazu ist es dermaßen eng, dass ich nicht weiß, ob ich mich heute Abend überhaupt hinsetzen kann, aber es war das letzte dieser Art und das ausgerechnet eine Nummer zu klein.

»Du auch«, gebe ich das Kompliment zurück und Scott öffnet die dunkelrote Kordel, damit ich eintreten kann. Einige in der Menschenschlange stöhnen genervt auf oder nörgeln, weil sie warten müssen, während ich einfach durchgelassen werde. Aber machen wir uns nichts vor, das hier ist nicht das Fernsehen. Weder die knappe Bekleidung noch mein runder Hintern oder die langen blonden Haare sind der Grund, dass ich sofort durchgehen darf. Meine volle Oberweite ist es sicher ebenfalls nicht, die ist nämlich gar nicht so voll. Und leider weiß Scott wegen eines Vorfalls vor etwa fünf Jahren, dass ich mit einem Push-up schummle. Natürlich haben wir nicht miteinander geschlafen, aber das auch nur, weil ich dicht war wie ein U-Boot und Scott zu viel Anstand hatte, meiner Anbiederung nachzugeben. Nein, dass er mich reinlässt, hat einfach damit zu tun, dass diese Bar Dean gehört, der rein zufällig mit Holly – meiner besten Freundin seit Kindertagen – verheiratet ist. Ein weiterer Security, den ich nicht kenne, öffnet die Eingangstür und augenblicklich dröhnen mir wummernde Bässe entgegen. Ich glaube, ich werde langsam zu alt für so etwas.

Ich betrete den dunklen Eingangsbereich, gehe an der Garderobe vorbei und trete an das eiserne Geländer, von dem aus ich den ausladenden Innenraum überblicken kann. In jeder Ecke steht ein Podest, auf dem sich Frauen rekeln, während davor Männer geifern, denen der Sabber am Mundwinkel klebt. Inmitten des Raumes ist der runde Tresen. Die Lichter flackern und das Lied wird leiser. Für den Bruchteil einer Sekunde höre ich, wie laut das Stimmengewirr der feiernden Menge ist, ehe der nächste Song aus den Boxen dröhnt. Vorsichtig gehe ich mit meinen neuen *Manolo Blahnik* die Treppe hinunter. Nicht, dass ich Angst hätte, zu fallen, aber kaum auszudenken, ich würde mir an den Stufen die Absätze behobeln. Unten angekommen, schiebe ich mich durch das Gedränge in Richtung VIP-Lounge, in der Holly bereits sitzen sollte. Jemand rammt mir so heftig seinen Ellenbogen in den Magen, dass ich gequält nach Luft schnappe und eine Hand auf die malträtierte Stelle lege. Warum noch mal vermeide ich es normalerweise, hierherzukommen? Ein anderer rempelt von hinten gegen mich und schubst mich in Richtung einer Frau vor mir, die mich daraufhin wüst beschimpft. Zwar höre ich in dem Lärm kein einziges Wort, aber ihre Mimik spricht Bände. Ja genau, deswegen meide ich Orte wie diesen. Ich kämpfe mich weiter vor, vorbei an tanzenden Leibern und klamm geschwitzten Shirts, bis ich endlich an der kleinen Treppe ankomme, die in die Lounge führt. Ich atme tief durch, ziehe das Kleid, das während des Gefechtes leicht hochgerutscht ist, wieder herunter und steige die Stufen hinauf.

»Da bist du ja«, quakt Holly und läuft mit ausgebreiteten Armen auf mich zu. Lachend nehme ich sie in den Arm und halte sie dann eine Armlänge von mir weg, um sie anzusehen.

»Ich wusste, dass es wie für dich gemacht ist«, rufe ich über den Lärm hinweg und Holly wackelt mit den Augenbrauen. Der taillierte Schnitt setzt jede ihrer drallen Kurven gekonnt in Szene und die Blicke der Kerle da hinten an der kleinen Bar bestätigen meine Meinung.

»Dean wollte mich so gar nicht hierherlassen«, sie kichert und zieht mich an der Hand zu den Loungesesseln am Ende des Podests. »Ich sage dir, da geht heute Abend noch was.« Sie drückt ihre Zunge gegen die Innenseite der rechten Wange und macht eindeutige Handbewegungen.

»Hör auf damit«, sage ich lachend, setze mich ihr gegenüber in den Sessel und lasse den Blick kreisen. »Extrem voll heute.«

Holly nickt und gibt den Barkeeper ein Handzeichen. Der weiß offenbar, was sie will, und benutzt seinen Shaker. Wenig später stellt er uns die Cocktails auf den Tisch und verschwindet wieder. Ich hebe die Augenbrauen und sehe ihm hinterher. Ein sehr wohlgeformter Hintern.

»Personal ist verboten, auch für dich«, erinnert Holly mich zwinkernd und ich verziehe den Mund zu einem Grinsen. Wir prosten uns zu und mir brennt der

Alkoholgeruch bereits in der Nase, als der Drink noch einen halben Meter von meinem Gesicht entfernt ist. Wahrscheinlich bin ich nach dem Glas schon betrunken. Ich trinke selten, allenfalls mal etwas Wein nach einem Meeting. Oder aber alle paar Jahre so viel, dass ich wehrlose Türsteher bespringe, und das meine ich wörtlich. Bilder flackern vor meinem inneren Auge auf: Ich, wie ich mich auf Scotts Schoß setze, mein Top samt BH hochziehe und sein Gesicht zwischen meine Brüste drücke. Himmel. Ich verlagere das Gewicht auf die andere Pobacke. Das ist selbst Jahre später noch zum Weglaufen peinlich. Zumal es mir natürlich auch nicht vergönnt ist, den unsäglichen Vorfall einfach zu vergessen. Nein, er wird mit schöner Regelmäßigkeit hervorgeholt.

Ich sauge am Strohhalm und ignoriere das Brennen im Hals, muss dann aber doch husten. »Was ist denn da drin?«

»Keine Ahnung.« Holly rümpft die Nase und nuckelt an ihrem Drink. »Also, erzähl mal, wie ist der Neue so?«

Ich zucke mit den Schultern und stochere mit dem Strohhalm ins Getränk. »Ich glaube, er ist ganz kompetent.« Der Neue ist in dem Fall Steve Addison und Filialleiter bei *Nexus Design*, der größten Bekleidungskette Englands, wenn es um Klamotten im Luxussegment geht.

»Will er dir die Stelle als Verkaufsleiterin klauen?«

Ich lache und schüttle den Kopf. »Nicht, dass ich wüsste.« Holly ist immer so misstrauisch und vielleicht wäre ich das auch, aber *Nexus Design* setzt für seine Verkaufsleiter den Bachelor of Business Administration voraus und den Abschluss hat Steve nicht. Diese Ausbildung ist ein weiterer Grund, weshalb ich die letzten Jahre nur selten hier war. Neben dem Studium habe ich bereits in der Firma gejobbt und in der wenigen Freizeit, die ich hatte, habe ich geschlafen. Es war mühselig und manches Mal hätte ich nur zu gerne alles hingeschmissen. Aber es hat sich gelohnt. Heute gehöre ich zur Führungsebene eines der renommiertesten Unternehmen in England und eines Tages, wenn ich nur hart genug darauf hin arbeite, gehe ich nach New York.

»Und ist er heiß?«, stellt sie die Frage, auf die ich bereits warte, und grinse sie an.

»Geschmackssache. Wenn man auf untersetzte Männer Anfang 50 mit Ehefrau und schütterem Haar steht, dann ja.«

»Langsam mache ich mir Sorgen um dich, Amy. Wann hattest du das letzte Mal Sex?« Ich verdrehe die Augen und ziehe einen großen Schluck Cocktail durch den Strohhalm. »Mal im Ernst. Du verheizt dich für diesen Laden und dein Privatleben geht völlig dabei drauf.«

»Ich liebe meine Arbeit«, fasele ich den Standardsatz herunter, der ganz nebenbei auch der Wahrheit entspricht.

»Und dein Job sitzt eines Tages mit dir vor dem Kamin und sinniert über die schönen Zeiten?«

Noch einen Schluck. Diese immer wiederkehrende Inquisition lässt sich nur mit Alkohol ertragen. »Ich bin 32, Holly. Ich habe noch alle Zeit der Welt, mir einen Mann zu suchen, der mit mir vor dem Kamin hockt.«

»Na klar, wo denn?«, spottet sie, nippt an ihrem Getränk und winkt dem Barkeeper für die nächste Runde zu. Die hat es aber eilig.

»Auf einer Schifffahrt für einsame Rentner, die ich mir dank meines jetzigen Jobs dann durchaus leisten kann.«

Holly legt den Kopf schräg und ich erkenne an ihrem Brustkorb, dass sie tief Luft holt. »Ich will doch nur nicht, dass deine besten Jahre an dir vorbeiziehen und du es nicht einmal mitbekommst.«

Ich stehe auf, lasse mich neben sie auf die Chaiselongue fallen und lege den Arm um ihre Schulter. »Dafür liebe ich dich ja auch und außerdem«, ich mache eine alles umfassende Handbewegung, »ich bin doch hier.«

Holly grinst, winkt dem Barkeeper noch einmal zu und ich bekomme große Augen. Damit habe ich ihr den Freifahrtschein gegeben, heute mit mir zu tun, was auch immer sie will.

Zwei weitere Cocktails und vier Tequila später zerrt sie mich von der Bank hoch, die Treppen herunter, auf die Tanzfläche. Ich stolpere über meine eigenen Füße und kralle mich in das Hemd irgendeines Kerls. Glück gehabt. Gut, dass es so voll ist, umfallen ist bei dem Gedränge nahezu unmöglich. Holly dreht sich zu mir, greift auch mit der anderen Hand nach mir und lässt ihre Hüften kreisen.

Wann habe ich zuletzt auf die Art getanzt? *My House* von *Flo rida* dröhnt aus den Boxen und ohne dass ich weiter nachdenken kann, bewege ich mich mit der Menschenschar. Tanzen kann man es kaum nennen, eher gleicht es einer wogenden Menge, die sich gegenseitig stützt. Wie aus dem Nichts taucht der Barkeeper auf und reicht mir ein Glas. Ich sehe ihn fragend an, woraufhin er nur auf Holly deutet, die mir mit ihrem zuprostet, und ich zucke mit den Schultern. Was auch immer es ist, es ätzt mir beinahe die Schleimhäute im Mund weg, sodass ich schneller schlucke und gleichzeitig von jemandem gegen den Rücken gestoßen werde. Die Hälfte des Getränks landet auf dem Top einer Frau, die davon zu meinem Glück schon nichts mehr mitbekommt. Oder es stört sie einfach nicht. Mühselig tipple ich zu Holly, die lachend den Arm um mich legt, und wir wiegen uns im Takt der Musik. Beim Refrain heben wir die Gläser über unsere Köpfe und grölen lautstark mit.

Ich räuspere gegen die Trockenheit im Hals an, möchte etwas trinken, doch das Getränk ist leer. »Ich hole uns noch was.«

»Hää?«, kreischt Holly und hält sich eine Hand hinter das Ohr.

»Ich hole noch was!«, schreie ich, deute auf das Glas und in Richtung Tresen. Sie nickt, reicht mir ihres und ich drängle mich durch die bebende Menschentraube zum Rand der Tanzfläche.

Oha, der Raum dreht sich. Reflexartig stelle ich die Gläser auf einem der Stehtische ab und halte mich daran fest.

»Alles in Ordnung?« Ich sehe auf und in das Gesicht des heißen Barkeepers. Armer Kerl, vermutlich hat Dean ihn darauf angesetzt, sich den gesamten Abend um uns zu kümmern.

»Wie alt bist du?«, will ich wissen, ohne auf seine Frage einzugehen, und er verzieht die Lippen zu einem schelmischen Grinsen, das mich automatisch mitgrinsen lässt.

»Dreiundzwanzig.«

· Ach du Scheiße! Ich reiße die Augenbrauen hoch und fasse mir an die Stirn. Gut, das war es dann wohl, Schluss mit den schmutzigen Fantasien. Ich tätschle ihm die Schulter und deute auf die leeren Gläser. »Bringst du uns noch welche nach oben in die Lounge?« Ohne seine Reaktion abzuwarten, torkle ich in Richtung der Toiletten. Irritiert schaue ich den langen Gang, durch den ich gekommen bin, zurück und wieder zur Tür. Müssen Frauen heutzutage nicht mehr aufs Klo? Wenn ich mich an eins besinne, dann an die elendig langen Warteschlangen vor den Toilettenräumen.

»Egal«, nuschle ich und gehe hinein. Haben die hier umgebaut? Die Tür hinter mir fällt zu und verschluckt die wummernden Bässe der Musik. Ich hole tief Luft, lasse sie laut wieder entweichen und steuere auf eine der Kabinen zu. Das Klacken meiner Absätze hallt von den Wänden zurück und jemand räuspert sich. Ziemlich maskulines Räuspern für eine Frau.

Ich ziehe das enge Kleid hoch und den Slip herunter. Der Stoff sitzt so fest, dass sich der Rand meines Höschens in meine Haut gedrückt hat, sodass ich Druckstellen erkenne, die leicht brennen. Kurzerhand steige ich aus dem Wäschestück und setze mich auf die Toilette. Mein Blick verschwimmt bei *Dave und Liza forever*. Ich habe nie verstanden, wieso man sich auf irgendwelchen Klotüren verewigt. Sollten Dave und Liza irgendwann nicht mehr forever sein, können sie erst einmal mit Nagellackentferner bewaffnet sämtliche Klos, auf denen sie jemals waren, abklappern. Und überhaupt, wer zur Hölle hat bei einem

Toilettengang ganz zufällig einen *Edding* dabei? Ich sollte fertig werden, ehe ich noch einschlafe. Ächzend stehe ich auf und stütze mich rechts und links an den Trennwänden der Kabine ab. »Oh mein Gott«, jammere ich und es klopft an der Tür.

»Alles klar da drin?«

Mein Kopf zuckt erschrocken zurück und ich runzle die Stirn. Das gibt es doch nicht. Eilig streife ich mein Kleid herunter, spüle und reiße die Tür auf.

»Bist du aus dem Alter nicht langsam raus?«, fauche ich den Typen an, der überrascht eine Augenbraue hebt. »Verdammter Spanner.« Ich schubse ihn entsetzt zur Seite und torkle zum Waschbecken. »Schlimm, dass man als Frau nicht einmal aufs Klo kann, ohne von solchem Gesocks wie dir belästigt zu werden.« Ich drehe das kalte Wasser an, lasse es über meine Handgelenke laufen und tupfe mir etwas davon in den Nacken, wobei mein zorniger Blick auf den des Sittenstrolchs trifft. Er hebt noch die andere Augenbraue und sieht demonstrativ nach rechts, sodass ich mich herumdrehe – Pissoirs. Oh! Langsam wende ich mich wieder zum Waschbecken, drehe den Hahn zu und schaue in den Spiegel, in dem der Typ mich immer noch taxiert, nur dass er inzwischen lächelt.

»Das hier ist die Männertoilette«, stelle ich trocken fest und er nickt.

»Geht es dir gut, oder soll ich dir etwas zu trinken holen?«

»Gott nein, doch nichts mehr zu trinken. Erkennst du nicht, wie ich aussehe?«

Er tritt neben mich und schüttelt lachend den Kopf. »Ich dachte eher an ein Wasser.«

Ach so, natürlich. Erst jetzt, da wir so nah beieinander stehen, fallen mir seine Augen auf, die umrandet von pechschwarzen Wimpern geradezu strahlen. Eines ist von einem beinahe durchsichtigen Blau und das andere ist braun wie Whiskey – gruselig und faszinierend zugleich. Er stützt sich mit der schmalen Hüfte an den Waschtisch, so ganz nüchtern ist er demnach auch nicht mehr. Ich will etwas sagen, doch heraus kommt ein Rülpsen. Erschrocken schlage ich mir die Hand vor den Mund und starre ihn mit großen Augen an. Sein Grinsen wird immer breiter, bis er eine Reihe gepflegter Zähne zeigt. Frauen mögen ja auf allerhand achten, bei mir sind es ausschließlich die Zähne. Natürlich habe ich nichts gegen einen Mann einzuwenden, der aussieht wie aus der *Men's Health* entsprungen, aber wenn der dann ein unschönes Gebiss hat, war es das trotzdem. Allein was das beim Küssen an Bakterien in meinen Mund schleust. Ja ja, das ist kein romantischer Gedanke. Das sind Karies und der damit verbundene Zahnarzt aber auch nicht. Apropos, meiner fragte mich mal nach einem Date, doch da musste ich leider passen. Gehe nie mit jemandem aus, der genau weiß, wie viele Füllungen du hast.

»Tja, ich muss dann auch mal wieder.« Ich steuere zielstrebig auf die Tür zu und glaube, über ein Bällebad zu laufen. Was ist denn nur plötzlich los?

Ein Gefühl wie in der Achterbahn durchzieht meinen Magen und ich drücke dem Typen etwas in die Hand. »Halt mal!«

Hastig drehe ich das Wasser auf und trinke ein paar Schlucke. Jetzt nur nicht übergeben. Blind taste ich nach den Papiertüchern, tupfe mir über den Mund und richte mich wieder auf. Warum guckt der denn so blöd? Dennoch, selbst auf den zweiten Blick sieht er ausnehmend gut aus, beinahe wie der Schauspieler aus diesem Stripperfilm, wie hieß der noch? Irgendwas mit M.

Er benetzt sich die Lippen und ich lege den Kopf schräg. Wäre ich nicht viel zu vernünftig und auch viel zu besoffen, eine Bekanntschaft auf dem Klo zu küssen, würde ich es jetzt tun. Ich schenke ihm mein schönstes Lächeln, zumindest hoffe ich das, und ziehe die Tür auf. Sofort dringt die lautstarke Musik in den Raum und ich sehe noch einmal über die Schulter auf meinen Slip in seiner Hand. »Den kannst du behalten.«

Amy

»*Matt Bomer* und der Film heißt *Magic Mike*«, rufe ich und schlage mit der Hand auf mein Knie. »Hier, so sah der aus.« Ich halte Holly das Smartphone hin, in dem ich seit einer halben Stunde google, und sie schürzt anerkennend die Lippen.

»Schön und was hast du davon? Statt mit ihm die 21-Finger-Übung zu machen, hockst du hier.«

»21-Finger-Übung«, echoe ich und greife nach meinem Wasserglas, das ich direkt wieder wegstelle, da es schon leer ist.

»Ja genau. Du hast zehn Finger, er auch und wenn du Glück hast, hat er sogar noch einen weiteren. Macht einundzwanzig.«

Ich lache kopfschüttelnd, lasse den Blick im Saal kreisen, der sich etwas gelichtet hat, und schaue wieder zu Holly. Moment mal … eilig sehe ich zurück, ziehe die Augen zu schmalen Schlitzen zusammen, um mehr zu erkennen, und mein Herz schlägt unwillkürlich schneller. »Da ist er.« Ich tippe Holly an und zeige zur rechten Seite des runden Tresens.

»Na dann los, hin da. Werfe dich ihm an den Hals und sage ihm, dass du …«

»21-Finger-Übung machen will, oder was?«, unterbreche ich sie und leere den verbliebenen Tequila, der noch auf dem Tisch steht.

»Zum Beispiel. Wer weiß, wann sich so eine Gelegenheit in deinem langweiligen Karriereleben das nächste Mal ergibt.«

Ich ziehe meine Unterlippe zwischen die Zähne und sehe wieder zu ihm herunter. Er unterhält sich angeregt mit einem anderen Mann und ihnen gegenüber stehen zwei Frauen, die ungeniert in ihre Richtung flirten. Ich habe dieses In-den-Haaren-Drehen und Zugezwinkere nie verstanden.

»Wenn du es nicht machst, traut sich eine von denen. Garantiert«, spricht Holly meine Gedanken aus und ich sehe sie zweifelnd an.

»Ich weiß nicht. Wie soll ich ihm denn klarmachen, dass … du weißt schon?«

Holly zuckt mit der Schulter und steht auf. »Dir wird schon etwas einfallen. Solltest du abblitzen, sagst du Scott Bescheid, er wird dir dann einen Fahrer besorgen.«

Ich nicke und lasse mir ihre Worte durch den Kopf gehen: »Solltest du abblitzen« – na das macht doch Mut.

»Ach so«, Holly kommt noch einmal an den Tisch zurück. »Und geht in ein Hotel. Nimm ihn keinesfalls mit nach Hause und gehe auch nicht mit zu ihm. Wir wissen nie, was für kaputte Typen hier unterwegs sind. Hier.« Sie drückt mir zwei Kondompackungen in die Hand und ich blinzle ihr hinterher. Kaputte Typen? Na, das animiert ja sogar noch mehr.

Erneut taxiere ich meine Toilettenbekanntschaft und atme tief durch. Gehe ich hin oder lasse ich mir doch lieber einen Wagen rufen? Ich bin niemand, der in der Disco einen Kerl aufgabelt, der es ihr besorgen soll – bin es nie gewesen. Aber der Gedanke, dass er … Meine Klitoris pocht wie auf Kommando und ich presse die Schenkel zusammen. Andererseits, was wäre so schlimm daran, wenn ich abblitze? Ich sehe ihn ohnehin nie wieder.

Der Kerl, mit dem er sich unterhält, deutet auf die Toiletten und verschwindet, sodass Matt, wie ich ihn spaßeshalber nenne, allein am Tresen steht. Die beiden Grazien taxieren ihn und diskutieren vermutlich schon darüber, wen er zuerst beglücken soll. Also jetzt oder nie. Ich stehe auf – oje – und schlucke gegen den aufsteigenden Cocktail an. Nur nicht zu ruckartig die Position verändern.

So schnell es mir auf meinen wackligen Knien möglich ist, bewege ich mich durch die anderen Partygänger. Es ist übersichtlicher geworden, aber bei Weitem nicht leer genug, um frei herumlaufen zu können. Am Tresen angekommen, zögere ich, streiche mir unbehaglich über die Arme und sehe zum Treppenaufgang, der Richtung Ausgang führt.

»Hey!« Jemand tritt in mein Sichtfeld – er ist es.

»Hey«, erwidere ich einfallsreich und beiße mir auf die Unterlippe. Ich denke an Hollys Worte, dass mir schon etwas einfallen wird. Sie irrt sich, mein Kopf ist wie leer gefegt.

Er sieht zu der Lounge hoch, als wüsste er, dass ich bis vor wenigen Minuten noch dort gesessen habe, und zurück in mein Gesicht. »Bist du hergekommen, um dein Höschen zurückzuholen?«

Sein Blick fällt auf meine Lippen, die ich nervös benetze, und ein Kribbeln schießt mir durch den Unterleib. »Nein«, hauche ich und schlucke gegen die Trockenheit in meinem Mund an. »Eher, um zu fragen, ob du den passenden BH dazu auch noch haben möchtest.«

***

Keine halbe Stunde später stürmen wir ein Hotelzimmer und ich schaffe es gerade noch, das Licht einzuschalten, ehe er mich mit seinem Körper gegen die Wand drückt. Ich lasse die Clutch fallen und sein Blick sucht kurz meinen, wartet auf einen eventuellen Widerstand. Als er keinen erkennt, legt er seinen Mund auf meinen. Er ist überraschend weich, was ich trotz meiner benebelten Sinne spüre. Er lässt von mir ab, leckt sich über die Lippen, als würde er meinen Geschmack kosten, und küsst mich erneut, drängender. Seine Zunge schiebt sich in meinen Mund und ich stöhne leise auf, als sie auf meine trifft. Das hier ist schon so verdammt lange her, dass ich am liebsten direkt zur Sache kommen will und gleichzeitig möchte, dass es sich noch ewig hinzieht. Ich schiebe meine Hände unter sein Hemd und erfühle feine Erhebungen seiner Bauchmuskeln – ich muss im Himmel sein. Er lässt kurz von mir ab, sodass ich Luft schnappen kann, und will sich das Hemd über den Kopf ziehen. Kurzerhand lege ich meine Hand auf seine, um ihn davon abzuhalten. Da habe ich einen Kerl hier, der nicht nur im Gesicht aussieht wie einer aus diesem Stripperfilm, sondern offenbar auch noch den Körper dazu hat. Da möchte ich doch ... Unwillkürlich hebe ich meine Clutch auf, bringe ein paar Schritte Abstand zwischen uns und drehe mich zu ihm herum. Allein die Jeans sitzt so verboten tief auf seinen Hüften, dass ich schlucken muss. Ich pendle mit dem Finger an ihm hoch und wieder herunter. »Strippe für mich, Matt.«

»Matt?«, wiederholt er und runzelt die Stirn, was mich zum Grinsen bringt.

»Wie auch immer, nur zieh dich aus!«

Er hebt einen Mundwinkel und lächelt so verwegen wie vorhin auf der Toilette. »Hier? Und ohne Musik?« Er macht einen Schritt auf mich zu, doch ich weiche noch weiter zurück und halte die Hand hoch, damit er stehen bleibt.

»Momentchen.« Ich ziehe das Smartphone aus der Tasche und werfe sie auf einen Sessel vor dem Fenster. Zielstrebig suche ich nach der Titelmusik des Films, da ist sie ja. *Pony* von *Ginuwine* erklingt und ich grinse Matt an. Langsam bewege ich mich rückwärts, spüre das Bettende an meinem linken Bein und setze mich möglichst grazil hin.

Ich höre noch sein »Halt!«, als ich schon hintenüber falle, auf dem Hintern lande und mir das Telefon gegen die Stirn knallt. »Aua«, jammere ich und reibe mir über die puckernde Stelle. In nächster Sekunde wird mir die Situation bewusst. Ich traue mich kaum, zu ihm hochzusehen. Hitze steigt mir in die Wangen, Herrgott ist das peinlich. Ich sehe erneut zu ihm auf und er mustert mich mit großen Augen.

»Alles in Ordnung?«

Mein Hintern und die Stirn pochen. Ganz sicher hat er durch mein knappes Kleid freien Einblick auf alles und wenn ich alles sage, meine ich auch alles. Schließlich ist mein Höschen irgendwo in seiner Tasche. Aber möchte ich mich jetzt darüber unterhalten? Nein, lieber nicht.

»Fang einfach an«, bitte ich und rapple mich mühsam auf. Das heißt, ich versuche es. Was in diesem Kleid schon nüchtern eine Herausforderung wäre, ist in meinem derzeitigen Zustand eine Sisyphosaufgabe. Matt greift nach mir und zieht mich unvermittelt so schwungvoll hoch, dass ich gegen seinen Körper pralle und die Luft anhalte. Unsere Gesichter sind sich so nah, dass ich seinen Atem spüren kann. Langsam führt er meine Hände an den Bund seines Hemds und hebt die Arme. Schweigend mache ich, was er fordert, und ziehe es so weit nach oben, wie es mir möglich ist, und er es zu Boden wirft. Wie gebannt starre ich auf seine Brust, die kleinen Brustwarzen und das dezent angedeutete Sixpack. Es sieht noch viel besser aus, als es sich vor wenigen Minuten anfühlte.

»Eigentlich mache ich so was nicht«, lalle ich. Ja genau, das ist wahrscheinlich *der* Standardsatz überhaupt. »Ich kenne ja nicht mal deinen Namen«, sinniere ich laut und streichle mit meinen Fingerspitzen von seinen Schultern über die Brust herunter Richtung Hosenbund. Fasziniert beobachte ich, wie sich seine Brustwarzen zusammenziehen und eine Gänsehaut der Spur meiner Finger folgt.

»Calvin.« Ich hebe den Kopf, um ihn anzusehen. »Ich heiße Calvin.«

Ich lächle und ein verlangendes Kribbeln breitet sich in meinem Bauch aus, das geradewegs in meine Mitte schießt. Mein Blick flirrt zwischen seine Augen und diesen unsäglichen weichen Lippen, ehe ich eine Hand in Calvins Haar schiebe und ihn zu mir herunterziehe. Er küsst mich, dieses Mal stürmischer und streicht mir an der Taille entlang auf den Rücken, wo er nach dem Reißverschluss sucht. Mit zittrigen Fingern knöpfe ich seine Jeans auf und kann seine Erektion schon durch den rauen Stoff erfühlen. Calvin erwischt den Zipper und zieht den Reißverschluss quälend langsam auf. Endlich schiebt er die Hände über meine nackte Haut und ein Schauer lässt mich erzittern. Routiniert streift er das Kleid herunter und ich helfe ihm, den engen Schlauch über meine Hüften zu schieben. Der Stoff bauscht sich um meine Füße, sodass ich ihn wegkicke und nur noch in High Heels und schwarzem Spitzen-BH dastehe. In jeder anderen Situation wäre mir das vermutlich unangenehm, doch das Wissen, dass dieser Abend einmalig ist, lässt alle Hemmungen fallen. Vielleicht ist es das Unmoralische? Ich käme sonst nie auf die Idee, mit einem dermaßen heißen Fremden in ein Hotel zu gehen, um Sex zu haben. Oder es ist der Umstand, dass ich schon so lange keinen mehr hatte und darüber hinaus der Alkohol? Womöglich ist es eine Mischung aus allem, die mich dazu bringt, vor ihm auf die Knie zu gehen. Ich ziehe ihm die

Jeans samt Shorts herunter und setze mich erschrocken mit dem Hintern auf die Fersen.

Meine Nippel richten sich auf und meine Klit prickelt in froher Erwartung auf das, was da kommen mag. Ich sehe zu Calvin hoch, treffe auf seinen Blick und umfasse seine samtene Härte, woraufhin er leicht die Lippen öffnet. Oh Gott, ich möchte, dass er mich sofort nimmt. Er darf ihn auch reinstecken, wo er will, Hauptsache, er macht es überhaupt und dann auch vernünftig. Aber noch nicht. Aufs Neue streiche ich an seinem Schaft entlang, benetze die Lippen und schiebe mir seine heiße Spitze in den Mund, was Calvin ein wohliges Seufzen entlockt. Immer weiter nehme ich ihn auf, als Calvin seine Finger in mein Haar schiebt, um den Rhythmus vorzugeben, und ich lasse es geschehen. Sein Stöhnen spornt mich an und meine Klit bettelt um Aufmerksamkeit, sodass ich eine Hand zwischen meine Beine führe. Ich spüre die Nässe, als er mich an den Armen packt und zu sich hochzieht.

»Leg dich hin!«

»Normalerweise würde ich bei dem herrischen Ton ganz sicher alles tun, aber mich nicht hinlegen. Aber heute und unter diesen Umständen will ich mal nicht so ...« Der Rest des Satzes bleibt mir im Hals stecken, als Calvin mich aufs Bett schubst, an den Unterschenkeln zu sich heranzieht und meine Beine spreizt. Er schaut auf meine feuchte Mitte und das Wissen, dass er freie Sicht auf alles hat, lässt mich erbeben. Es ist beschämend und mindestens ebenso erregend. Er lächelt, beugt sich herunter und streicht mit seiner Zunge über meine pochende Klit. Ich stöhne auf und schließe die Augen. Erneut schnellt er über meine empfindlichste Stelle, umschließt sie mit den Lippen und saugt an ihr.

»Jajaja, hör nicht auf«, sporne ich ihn an. Sofort lässt Calvin von mir ab, hebt den Kopf und ich sehe zu ihm herunter. »Was denn?« Keine Reaktion. Kurz überlege ich, ihn zur Seite zu schubsen und die Sache selbst zum Ende zu bringen. »Mach schon!« Das hört sich weniger bittend an, als es sollte, doch er grinst nur und umschließt meine Klit erneut mit den Lippen, ohne den Blick von meinem Gesicht zu nehmen. Wie gebannt starre ich ihn an, atme immer unkontrollierter und kralle meine Finger in die Bettdecke. Die Muskeln meiner Beine zittern, es bildet sich ein Magnet aus Empfindungen in meinem Unterleib, der sämtliche Nervenbahnen meines Körpers zu sich zu ziehen scheint. Ich spüre das anfängliche Zucken der Muskeln, halte so lange es geht an Calvins Blick fest und keuche laut auf. Begehrlich lasse ich den Kopf in den Nacken fallen und stöhne die überwältigende Wucht der Erleichterung heraus. Es wird zu viel, ich glaube, ich halte es nicht aus. Kraftlos sacke ich zusammen, ziehe mir das Erste, was ich zu fassen bekomme, über den Kopf und schreie, als mich der Orgasmus mit sich reißt.

Sekunden oder Minuten später nimmt Calvin das Kissen von meinem Gesicht und küsst mich gierig. Seine Erektion streift meine überreizte Klit, was mich aufstöhnen lässt, und er richtet sich auf.

»Zieh mir das Kondom über«, weist er mich an und reißt die Verpackung auf. Mit fahrigen Fingern fummle ich es über seine Spitze, lasse es fallen und versuche es erneut. Verdammtes Scheiß-Mistdrecksding. Calvin fummelt dazwischen und endlich schaffen wir es, das Gummi überzuziehen. Sekunden später schiebt er sich langsam in mich und ich kralle mich in seine Schultern. Er zieht sich zurück, dringt erneut zaghaft, beinahe zu vorsichtig in mich ein.

»Geht es?«, will er wissen und ich nicke hektisch.

»Ja. Ja, alles bestens. Jetzt fick mich endlich.« Herrgott, habe ich das gerade gedacht oder wirklich ausgesprochen? Calvin zieht sich zurück und bohrt seine gesamte Länge in mich. Ich stöhne auf, ob aus Schmerz oder Lust kann ich nicht auseinanderhalten. Offenbar habe ich es laut gesagt und als hätte Calvin nur darauf gewartet, dringt er immer schneller in mich. Die Musik aus dem Telefon, unser Keuchen und der Geruch nach purem Sex erfüllen den Raum. Calvins Muskeln sind angespannt, seine Haut glänzt vom feinen Schweißfilm. Gierig reißt er meinen BH herunter, saugt an den Brustwarzen und rammt weiterhin so heftig in mich, dass wir quer über die Matratze rutschen. Erneut zieht sich alles in mir zusammen, mein Pussy pulsiert um Calvins Schwanz und ich schiebe eine Hand zwischen uns. Nur zaghaft streife ich über meine Klit, lausche Calvins angestrengtem Keuchen und explodiere ein weiteres Mal, als er auf mir zusammensackt.

Amy

Nein, nicht wach werden! Lass die Augen nur noch kurz zu, beschwöre ich mich selbst und strecke die Beine unter der warmen Bettdecke aus. Das Sonnenlicht scheint durch das Fenster ins Zimmer und blendet mich sogar durch die geschlossenen Lider. Warum ist der Rollladen nicht unten? Ich könnte aufstehen, ihn herunterlassen und weiterschlafen. Genervt stöhne ich und verziehe den Mund. Nein, das will ich nicht.

Kurzerhand drehe ich mich auf die andere Seite, knautsche mein Kissen zusammen und schiebe es mir wieder unter den Kopf. Ja, so geht es.

Bewegt sich die Matratze? Scheiße ja, sie regt sich. Erschrocken reiße ich die Augen auf und erstarre. Mein Herz schlägt so heftig, dass ich es bis in den Hals spüre. Was zur Hölle …?

Ich runzle die Stirn und halte den Atem an – da, schon wieder. Und was ist das für ein Nachttisch? Ohne den Kopf zu bewegen, wandert mein Blick Richtung Bettbezug, auch den habe ich bisher nie gesehen. Ich schlucke gegen das trockene Gefühl im Mund an und schaue mich um. Sieht nach Hotelzimmer aus. Was zur Hölle mache ich einem

Hotel und noch viel wichtiger, wer oder was liegt mit mir in diesem Bett?

Ein leises Seufzen ertönt hinter mir und mit ihm peitschen Gedankenblitze durch meinen Kopf. Verschiedenfarbige Augen zwischen meinen Beinen, definierte Bauchmuskeln, rabenschwarzes zerzaustes Haar, Schweiß und Sex – viel Sex.

Shit! Ich wage kaum, zu atmen, und robbe so vorsichtig es geht an die Bettkante. Ganz behutsam. Sachte schiebe ich ein Bein unter der Decke heraus und taste mit meinem Fuß nach dem Teppich. Dann das andere und ganz langsam. Ich bin nackt. Intuitiv verdrehe ich über mich selbst die Augen. Ja natürlich bist du nackt, wenn die ganze Nacht eine einzige Vögelei war. Allein von dem Gedanken pulsiert meine Klitoris und ich sehe stirnrunzelnd an mir herunter. Lieber Himmel, ich bin Opfer meiner Libido. Ohne mich zwischendurch hinzusetzen, schwinge ich mich aus dem Bett und stelle mich hin. Die Decke rutscht mir aus der Hand, sodass ich automatisch danach greifen will, halte aber inne. Erst mal überprüfen, ob ich sie gefahrlos an mich nehmen kann, ohne den Vertreter des männlichen Geschlechts aufzuwecken. Ich schaue über die Schulter und ziehe reflexartig die Augenbrauen hoch – wow. Wieder schießen Bilder durch meinen Kopf, das Treffen auf der Toilette, dieses schelmische Grinsen und dass ich ihn bitte, für mich zu strippen. Um Himmels willen. Ich schlage die Hände vor mein Gesicht und weiß nicht, ob ich heulen oder lauthals lachen soll. Ohne es zu wollen, zieht es in meinem Unterleib, sodass ich die Schenkel zusammenpresse. Wie war noch sein Name? Connor, Caiden? Irgendwas mit C.

Ich reiße mich von dem Anblick los und suche den Fußboden nach Kleidung ab. Mein BH hängt über der Nachttischlampe, aber wo ist das Hös… Zusätzliche Bilder. Ich schüttle den Kopf und schaue mich weiter nach meinem Kleid um. Da an der Tür. Ich tapse auf Zehenspitzen hinüber und sehe, dass es das Badezimmer ist, sehr gut. Autsch, was brennt denn da so? Ist es zu fassen, ich bin wund gescheuert – nein wund gevögelt. Schon mit einem Bein im Bad drehe ich mich noch einmal herum, wo ist … ah da. Schnell zum Nachttisch, das Telefon holen und zurück. Nicht auszudenken, wenn er aufwacht und mich im Evaskostüm sieht.

Ja genau, Amy, er hat dich gestern Nacht ganz sicher nicht einmal nackt gesehen. Ich stelle mich vor den Spiegel und drehe mein Gesicht zu allen Seiten. Dem Gefühl nach hätte ich gedacht, dass ich wilder aussehe. Ich ziehe den BH und das Kleid über, spüle mir den Mund aus und wähle Hollys Nummer.

»Hey, da bist du ja. Um was wollen wir wetten, dass du den Hottie gestern nicht mehr angesprochen hast? Dabei hätte der es dir bestimmt richtig besorgt.«

»Deswegen rufe ich ja an«, flüstere ich und halte zum Schutz eine Hand über den Mund und das Telefon.

»Was? Du musst lauter reden, ich verstehe kein Wort.«

»Er hat es mir besorgt«, schnell ein Kontrollblick Richtung Tür, »mehrfach. Was mache ...«

»Wo bist du? Ich höre dich ganz schlecht.«

Ich stöhne genervt und fahre mir mit der Hand über die Stirn. »Er hat es mir besorgt verdammt, und zwar richtig! Was mache ich jetzt?«

»Du spinnst?« Noch ein Seufzen. »Dean, du glaubst es nicht. Amy hat den Kerl abgeschleppt«, ruft sie ihrem Mann zu und spricht dann wieder in den Hörer. »Ich will jedes dreckige Detail wissen.«

»Was macht man denn nach so einer Nacht? Soll ich noch Lebewohl sagen oder einfach abhauen?«

»Mache es, wie du willst. Wenn er nett war, könntet ihr auch noch einen Kaffee miteinander trinken. Ansonsten lass ihn liegen und verschwinde, bevor er wach wird.«

»Alles klar, ich melde mich später«, verabschiede ich mich und höre gerade noch ihr »Das will ich auch hoffen«, ehe ich das Gespräch beende. War er nett? Ja, ich glaube schon. Aber soll ich nun hier herumsitzen und warten, bis er den Schlaf der Gerechten beendet?

Leise öffne ich die Tür und blinzle erschrocken. Er sitzt auf der Bettkante und sieht mich verschlafen an. Seine Haare stehen in sämtliche Richtungen ab und er reibt sich die Augen. Niedlich irgendwie – niedlich und heißer als die verdammte Hölle.

Sekundenlang sagt niemand etwas, bis sich sein Mund zu diesem frechen Grinsen verzieht, das mir bereits gestern so gut gefiel. »Du wolltest dich heimlich davonschleichen.«

Es ist keine Frage, sondern eine Feststellung und ich weiche seinem Blick aus. »Ich wollte dich nicht wecken.« Schon wieder so ein klischeebehafteter Satz, den sonst vermutlich eher Männer benutzen, oder? Dabei ist es die Wahrheit, irgendwie zumindest.

»Das tut weh.« Er streicht sich mit der flachen Hand über die blanke Brust und erneut zieht es zwischen meinen Beinen, sodass ich sie leicht zusammenpresse. »Du hast mich benutzt.« Ich reiße die Augen auf, erkenne aber sein schelmisches Grinsen und lächle unwillkürlich.

»Kaffee?«, halte ich mich so kurz wie möglich und kann nicht verhindern, dass mein Blick dabei wieder über seinen Körper wandert. Eins muss ich mir lassen, ich habe einen ausnehmend guten Geschmack, selbst wenn ich breit wie ein Rathaus bin.

Er erhebt sich und greift nach seiner Jeans, die unter dem Fenster auf dem Fußboden liegt. Den Bruchteil einer Sekunde will ich mich wegdrehen, um ihn in dieser freizügigen Situation nicht anzustarren, aber das kommt mir dann doch irgendwie bescheuert vor. Meine Augen weiten sich und sofort verziehe ich sie zu schmalen Schlitzen. Sind das da Kratzspuren auf seinem Rücken? Du lieber Himmel. Also entweder macht er Abenteuer dieser Art öfter und das ist ein Überbleibsel seiner vorherigen Bekanntschaft, oder ich weiß auch nicht. Wieder ein Gedankenblitz – »*Calvin fick mich endlich*«. Oh mein Gott. Augenblicklich glühen meine Wangen wie Herdplatten. Hoffentlich sehe ich nicht aus, wie ich es glaube. Zumindest ist mir sein Name wieder eingefallen.

Er zieht sich das Hemd über und holt gleichzeitig zischend Luft, als der Stoff die malträtierte Haut streift. Ich reiße den Blick von ihm los und räuspere mich. Nervös schaue ich durch das Zimmer, ohne zu wissen, wonach genau ich suche. »Ich gehe schon mal vor die Tür.« Mit den Worten nehme ich meine Clutch, taxiere ihn noch einmal und lasse ihn allein.

Eine Viertelstunde später betreten wir das Café, in dem ich mich regelmäßig mit Holly treffe. Es befindet sich direkt gegenüber des *Lamour* und das Hotel, in dem wir waren, liegt keine hundert Meter die Straße entlang. Wir haben es gestern demnach eilig gehabt.

Ich deute auf einen der runden Tische im hintersten Teil des Raumes und gehe vorweg. Hier sitzen Holly und ich immer, weil wir durch die große Schaufensterscheibe das Treiben auf der Straße beobachten können. Ich hänge meine Tasche über die Stuhllehne und lasse mich auf die Sitzfläche sinken, wobei ich die Lippen zusammenpresse, um nicht zu wimmern. Kann man Sitzbäder gegen Wundsein nehmen? Was googelt man denn da? »Wund vom Vögeln, hilft Kamille?«

»Hey, guten Morgen«, ruft Lynn, die Bedienung, herüber und kommt auf uns zu. »Um die Uhrzeit habe ich dich hier ja noch n…«, sie legt eine Pause ein und starrt Calvin ungeniert an, der davon glücklicherweise nichts bemerkt, da er die kleine Karte studiert. »Noch nie gesehen«, beendet sie ihren Satz, formt ein stummes *Wow* mit den Lippen und wackelt mit der Hand, als hätte sie sich verbrannt.

Peinlich berührt schüttle ich leicht mit dem Kopf und lächle, als Calvin aufsieht und den Blick fragend zwischen uns pendeln lässt.

»Ich nehme nur einen Kaffee. Schwarz bitte und stark«, bestellt er und klappt die Karte zu. Ich schließe kurz die

Augen und flehe innerlich, dass Lynn es einfach ohne sexistische Bemerkung hinnimmt.

»Stark ja?« Sie lässt ihren Blick anzüglich über seine Arme wandern. »Gerne.« Es dauert Sekunden, ehe ihr wieder einfällt, dass ich auch noch da bin. »Für dich das Gleiche wie immer?« Ich nicke und atme erleichtert aus, als sie verschwindet.

Tja, worüber redet man denn nach so einer Nacht miteinander? Es war nett, vielen Dank? Oder sollte ich ihm erzählen, wie heftig meine Vagina brennt? Das dürfte ihn darin bestärken, was für ein wildes Tier er ist und er kann das Ganze mit einem Erfolgserlebnis abschließen. Ich schürze die Lippen und greife einen der Pappuntersetzer, den ich in den Fingern drehe und nach jedem Wenden mit der Kante auf den Tisch klacken lasse. Nein, eigentlich möchte ich mich lieber nicht mit Calvin über meine Vagina unterhalten.

Im Augenwinkel sehe ich seine Hände, die ebenfalls zwei Pappuntersetzer greifen, die er zu einem A aufstellt. Unwillkürlich muss ich lächeln, weil ich mich selbst auch immer wieder an einem Kartenhaus aus diesen Pappdingern versuche. Mit der Betonung auf *versuche*. Ohne ein Wort zu sagen, greife ich nach einem zweiten Deckel und stelle ein weiteres A neben seins.

Lynn kommt mit den Getränken, stellt sie vor uns ab, eilt mit einem lüsternen Blick auf Calvin jedoch zum nächsten Tisch weiter.

»Bist du öfter im *Lamour*?«, frage ich nebenbei und beobachte, wie er ganz vorsichtig einen Pappdeckel auf die beiden As legt und sich in seinen Stuhl zurücklehnt.

»Ich war das erste Mal dort, wegen einer Firmenfeier«, erklärt er und sieht über die Straße zu dem Eingang des Klubs. »Und du?«

»Gestern erstmals seit Langem wieder. Früher war ich öfter dort, aber auch nur, weil meine Freundin mit dem Inhaber verheiratet ist.«

Er mustert mich, sodass ich schlucke. Warum sieht er nicht weg? Ich ziehe den Latte macchiato zu mir heran und rühre darin, um meinen Fingern eine Aufgabe zu geben.

»Darf ich dich etwas fragen?«

Oh Gott, jetzt kommt irgendwas Schräges. Wie war ich? Habe ich dich ordentlich befriedigt? Oder er will wissen, ob ich überhaupt schon jemals Sex hatte, so dermaßen ausgehungert, wie ich war. Ich verlagere mein Gewicht auf dem Stuhl von einer auf die andere Pobacke und zucke mit den Schultern.

»Natürlich.«

»Wie heißt du?«

Ich blinzle zweimal, dreimal und wische mir lachend eine Haarsträhne aus dem Gesicht. »Amy.«

Er nickt, wiederholt meinen Namen so leise, dass ich es kaum wahrnehme, und doch reicht es, um meine Arme mit einer Gänsehaut zu überziehen. Keine Ahnung warum, aber ich habe den Drang, ihm zu erklären, dass das hier kein gewöhnlicher Ablauf für mich ist.

»Vermutlich sagen das alle, doch ich möchte, dass du weißt, dass das hier ...« Ich weiß nicht, wie ich es ausdrücken soll, und bereue, überhaupt davon angefangen zu haben. Dabei ist es vollkommen egal, was er von mir denkt. Ich greife nach zwei Pappuntersetzern und stelle ein weiteres A. »Ich mache so was eigentlich nicht.« Vor meinem inneren Auge taucht Mum auf, die tadelnd den Kopf schüttelt – »Frauen haben dasselbe Recht auf wechselnde Sexualpartner«.

»So was?«, wiederholt er und nimmt eine Pappe, die er oben auf unser Konstrukt legt.

»Mit jemandem, den ich gerade erst kennengelernt habe, die Nacht zu verbringen«, fasele ich und nippe an meinem Getränk.

Calvins Blick liegt auf mir, Sekunden, die sich anfühlen wie Minuten, ehe er seine Tasse greift und sachte über den Kaffee pustet.

»Ich auch nicht«, erwidert er und ich lache auf. Sofort schlage ich mir die Hand auf den Mund und schüttle den Kopf.

»Entschuldige, ich …« Ich winke ab und drehe das Latte-macchiato-Glas zwischen den Fingern.

»Ja?«, horcht er nach und stellt mit einer beneidenswerten Ruhe eine zweite Etage auf unsere As.

Toll Amy, wieder schneller reagiert als nachgedacht, da winde dich mal raus. »Es ist nur«, ich deute auf ihn, als sei damit alles erklärt, und grinse dümmlich, »jemand wie du.«

»Jemand wie ich?« Er stützt sich mit den Ellenbogen auf die Tischkante und faltet die Hände ineinander. Himmel, diese Unterarme.

Ich atme laut aus, ist doch egal, was er von mir denkt, nach diesem Kaffee sehen wir uns ohnehin nie wieder. »Na ja, so wie du aussiehst, fällt es dir sicher nicht schwer, eine Partnerin für solche Aktivitäten zu finden. Ein bisschen von diesem hinreißenden Grinsen, das du manchmal zeigst, und schon folgen sie dir, wohin auch immer du willst. Und sei es ein leicht heruntergekommenes Hotelzimmer.« Ich lächle und er legt den Kopf schräg.

»Das leicht heruntergekommene Zimmer war genau genommen deine Idee.«

Wie dem auch sei. Eilig nippe ich an meinem Getränk. So oder so gefällt mir der Gedanke, dass ich nicht eine von vielen Errungenschaften bin. Selbst wenn er mich vielleicht anflunkert, bilde ich mir ein, dass er die Wahrheit sagt. Nicht, dass es irgendeine Rolle spielt.

Zehn stillschweigende Minuten später steht das Pappkartenhaus auf drei Etagen und ich nehme den letzten Schluck meines Kaffees. Auch in Calvins Tasse ist nur noch ein Rest. Ich sollte mich verabschieden, ehe er es tut. In irgendeinem Klatschmagazin habe ich einmal gelesen, dass das wichtig wäre, da Männer dann den Eindruck hätten, dass die Frau emanzipiert ist und so was. Ich mache es aber eher für mein Ego. Lieber beende ich dieses Zusammensitzen, als dass er es tut und mir damit das Gefühl gibt, froh zu sein, loszukönnen.

»Also dann«, kündige ich meinen Aufbruch an und stehe auf. Calvin schaut stirnrunzelnd auf und kurz bilde ich mir ein, er wäre gerne noch auf einen zweiten Kaffee sitzen geblieben.

Er sagt jedoch nichts und ich bin enttäuscht. Ambivalenz in Person. Wie sollen Männer aus Frauen schlau werden, wenn sie sich selbst teilweise nicht verstehen?

»Ich übernehme das«, sage ich gönnerhaft und lege eine Zehn-Pfunde-Note auf den Tisch. »Es war ...« Ja was? Nett? Geil? Lass uns das unbedingt wiederholen? Ich lächle mit zusammengepressten Lippen und klopfe zweimal mit der Hand auf die Tischplatte, ehe ich das Café verlasse.

Direkt vor der Eingangstür hält ein Taxi. Unentschlossen schaue ich noch einmal über die Schulter und senke den Blick auf die Betonplatten des Gehwegs. Wenn er mir folgen wollte, um sich nach meiner Nummer zu erkundigen, wäre er mir sofort hinterhergekommen. Und ich hätte ja auch fragen können. So viel zur Emanzipation, die beim Erfragen der Telefonnummer schon wieder ein Ende hat. Erneut kommt mir Mum in den Sinn – »Habe ich dich so erzogen?«. Ich schüttle den Gedanken ab und wende mich zum Taxi. Der Fahrgast steigt gerade aus und ich gehe hinüber, um unmittelbar nach ihm einzusteigen. Ich werfe die Tür zu, gebe dem Fahrer meine Adresse und er fädelt den Wagen genau in der Sekunde in den fließenden Verkehr ein, als Calvin aus dem Café auf den Bürgersteig springt und sich suchend umsieht.

Amy

Neun Wochen später

Ich bringe meinen *Mercedes-AMG* auf dem Parkdeck der Londoner *Nexus-Design*-Filiale zum Stehen und klappe die Sonnenblende mit dem Kosmetikspiegel herunter. Sachte wische ich mit dem kleinen Finger den überstehenden roten Lippenstift aus meinem Mundwinkel. Nicht dass ich müsste, aber so lasse ich den Damen im Geschäft etwas Zeit. Ich weiß, dass Elisabeth, die Filialleitung, in dieser Sekunde zum Telefon eilt und in den anderen Abteilungen anruft, um ihr Team vorzuwarnen: »Amy-Ella ist da.« Besagte Amy-Ella bin ich, benannt nach *Cruella de Vil*, der Antagonistin aus *101 Dalmatiner*. Ich muss lächeln, greife nach meiner Handtasche und schwinge mich aus dem Wagen.

Sie übertreiben, so gemein bin ich gar nicht. Erwarte ich Höchstleitungen? Ja. Bin ich streng? Vermutlich. Aber lieber bin ich es, als eine unserer vielen Kundinnen, die von Beruf aus Ehefrau sind und ihren langweiligen Alltag damit füllen, die Millionen ihrer Ehegatten zu verpulvern. Noch schlimmer sind die gehörnten Frustrierten. Wenn der geliebte Gemahl sich lieber mit der hübschen und dreißig Jahre jüngeren Sekretärin über den Schreibtisch kugelt als mit ihr, kann das schon mal zu Frust führen und den lassen die Damen nur zu gerne in unseren Läden ab. Sonst hört ihnen vermutlich auch keiner zu.

Ich stoße die Glastür mit dem goldenen Rahmen auf und sofort wird das Klacken meiner Absätze von dem dicken Teppich geschluckt. Elisabeth steht mit dem Rücken zu mir an einem Regal und dreht sich unverzüglich um. Sehr löblich, schließlich könnte ich eine Kundin sein. Aber wie gesagt, sie weiß, dass ich es bin.

»Amy, schön, dass Sie da sind«, heißt sie mich willkommen und schenkt mir ein Lächeln. Auch wenn sie mich verabscheut, irgendwie mögen wir uns dennoch.

»Elisabeth«, begrüße ich sie und lasse den Blick durch den Eingangsbereich wandern. Alle Regale sind beleuchtet, sorgsam eingeräumt und die Artikel nach Farben sortiert. Ich steuere wie immer zuerst auf den Aufenthaltsraum zu und sie kommt neben mich gelaufen – nervös und abwartend. Im Vorbeigehen streiche ich über einen der Glasböden an der Wand und mustere demonstrativ meine Fingerkuppen. Na schön, ich gebe zu, ich genieße es. Keine der Filialen, für die ich zuständig bin, ist akkurater als diese, aber es macht mir solchen Spaß, Elisabeth zu triezen.

Wir passieren die Abteilung der Herrenkleidung, vorbei an den Dessous und den Abendroben. In jedem Areal werde ich überfreundlich begrüßt und das, obwohl sie alle die Minuten zählen, bis ich endlich wieder weg bin und erst in vier Wochen erneut hier aufschlage. Es hat nie jemand etwas in dieser Art zu mir gesagt, ich weiß es einfach, weil ich bis vor drei Jahren noch wie sie in einer Filiale stand und es verabscheute, wenn der Verkaufsleiter uns unseren Job erklärte. Meine Verkaufsleiterin damals war Mrs Walsh, eine elende Theoretikerin. Eine Frau, deren Wissen sicher außerordentlich ist und die ihren Abschluss mit summa cum laude abgeschlossen hat, aber von der Praxis hinter der Ladentheke so viel Ahnung hat wie ich von der Bedienung eines Backofens.

Wir betreten den Aufenthaltsraum, in dem ich sogleich meine Handtasche auf die kleine lederne Sitzgruppe rechts von mir fallen lasse und geradeaus auf die Kaffeemaschine zusteuere.

Ich sehe über die Schulter und hebe eine Tasse in die Höhe. »Auch einen?«, erkundige ich mich bei Elisabeth, die erleichtert lächelt und ein wenig in sich zusammensackt, als hätte sie, seit ich hier bin, die Luft angehalten.

»Gerne.«

Ich hantiere an dem Vollautomaten, fülle Kaffeebohnen nach und rümpfe die Nase. »Haben Sie eine andere Kaffeesorte?« Fragend sehe ich über die Schulter, doch Elisabeth verneint. Komisch stinkt der schon immer so penetrant? Da kann einem ja schlecht werden. Die erste Tasse Kaffee ist fertig, sodass ich sie Elisabeth hinstelle, ehe ich mir einen Latte macchiato mache. Nacheinander öffne ich die drei Hängeschränke, finde den Süßstoffspender und gebe eine Pille hinein.

Ich setze mich Elisabeth gegenüber, die mir ein iPad über den Tisch schiebt, auf dem eine Grafik angezeigt wird, die ich ihr vor etwa einer Woche zugeschickt habe.

»Können wir das Konzept vielleicht später noch einmal durchgehen? Wir haben alles so weit nach Plan arrangiert, aber optisch finde ich es etwas zu voll.« Elisabeth sieht mich an und rudert in ihrer Aussage direkt wieder zurück. »Natürlich konnten Sie nicht wissen, dass doch mehr Ware kam, als im Vorfeld angedacht war, und deshalb ...«

Ich lächle und nippe an meinem Latte. »Elisabeth, Sie sind länger im Betrieb als ich und wenn Sie sagen, dass die Präsentation zu beladen ist, dann glaube ich Ihnen das.« Sie sieht mich an, als würde sie überlegen, ob ich das tatsächlich gesagt habe oder sie einen Tagtraum hat. »Wenn ich die Konzeptmappen anfertige, gehe ich immer von einer bestimmten Menge an Ware aus. Aber natürlich, wenn dann letztlich mehr oder weniger Ware vorhanden ist, muss man modifizieren. Wir können uns das gerne zusammen ansehen.«

Sie stoppt mit der Kaffeetasse vor den Lippen, blinzelt ein paar Mal und nimmt dann lächelnd einen Schluck. Bin ich wirklich so schlimm? Vielleicht sollte ich sie öfter wissen lassen, was für eine großartige Teamleiterin sie ist und dass diese Filiale die ist, um die ich mir immer am wenigsten Gedanken machen muss, weil ich weiß, dass es läuft.

Ein Klopfen lässt uns gleichzeitig zur Tür sehen, die aufgeht, und Mrs Smith, aus der Dessousabteilung, steckt ihren Kopf durch den Spalt.

»Miss Collins, entschuldigen Sie, aber Ihre Mutter ist hier.«

Ich reiße die Augen auf und versuche sofort wieder, meine Mimik in den Griff zu bekommen. Was zur Hölle macht sie hier? Wenn ich eine Regel für sie habe, dann die, dass sie mich nie, absolut niemals bei der Arbeit besucht. Natürlich kann man nichts für seine Familie und ich liebe Mum – irgendwie zumindest –, aber nicht hier. Ich fahre mir mit den Fingern über den streng gebundenen Pferdeschwanz und schließe die Augen.

»Alles in Ordnung?«, erkundigt Elisabeth sich und ich nicke, ehe ich sie wieder ansehe.

»Ja, danke. Ich bin nur etwas müde.« Habe ich das wirklich gerade gesagt? Ich bin nicht müde, nie und wenn, dann lasse ich es ganz sicher niemanden bei der Arbeit wissen. Elisabeth scheint auch kurz von dieser unerwartet persönlichen Äußerung verwirrt, fängt sich aber schnell wieder.

»Soll ich Ihre Mutter hierherholen, dann können Sie sitzen bleiben?«

Um Himmels willen, nein. Wenn sie sich erst mal irgendwo hinsetzt, geht sie gar nicht wieder. »Ach was, ich gehe kurz zu ihr und dann kümmern wir uns um die Präsentation.« Mit den Worten stehe ich auf, ziehe meinen marineblauen Blazer aus, den ich über den Stuhl hänge, und breche in den Verkaufsraum auf. Ich lasse den Blick kreisen, kann sie aber nirgends erkennen und steuere nach rechts, um einmal durch alle Abteilungen zu gehen. Bei der Männeroberbekleidung sehe ich sie, wie sie sich mit Anna unterhält, die für diesen Bereich zuständig ist. Ich verlangsame meine Schritte und beobachte sie. Mum sieht wie eine siebzehn Jahre ältere Version von mir aus. Die gleichen schmalen Schultern, die eher knappe Oberweite und die runden Hüften, die sie heute mit einem Maxikleid verhüllt. Selbst die blonden, welligen Haare trägt sie in exakt der Länge wie ich.

»Und wie wird es werden, wenn das Kind auf der Welt ist? Werden Sie zu Hause bleiben oder der Kindsvater?«, höre ich Mum und zucke erschrocken zusammen. Bitte nicht.

»Mum!«, rufe ich schon von Weitem und marschiere mit langen Schritten auf sie zu. »Wie schön, dass du mich besuchst.« Ich komme bei den beiden an und hake mich bei ihr unter den Arm, um sie sofort von Anna wegzuziehen.

»Schatz, sieh mal, ein neuer kleiner Erdenbürger«, sie deutet lächelnd auf Annas immer runder werdenden Bauch. »Und was für ein Segen, ein Mädchen.« Anna sieht leicht verängstigt aus und Himmel ja, ich kann sie nur zu gut verstehen. Ich lächle verkniffen und zerre Mum in das nahe liegende Schuhabteil und schaue mich suchend um, ob jemand hier ist. Eigentlich müsste ich empört sein, weil weit und breit keine Verkäuferin zu finden ist, aber in dieser Sekunde bin ich froh darüber.

»Mum, was zur Hölle machst du hier?«

»Ich möchte sehen, womit meine Tochter sich ihren Lebensunterhalt verdient.«

Ich stemme die Hände an die Hüften, hebe den Blick zur Deckenbeleuchtung und atme tief durch. »Wir haben darüber geredet und waren uns einig, dass meine Arbeit verbotenes Terrain ist.«

»Schatz, das weiß ich doch«, wispert sie und streichelt mir über den Arm. »Ich schaue mich doch auch nur kurz um und muss schon sagen …« Ich schürze den Mund und sehe sie abwartend an. »Na ja, ich nahm einfach an, dein Beruf wäre kein ganz so typischer Frauenberuf.«

»Ich fasse es einfach nicht!« Als hätte sie einen Eimer kalten Wassers über mir ausgekippt, ernüchtert mich ihr Auftritt und versetzt mir gleichzeitig einen Stich. »Ich möchte, dass du gehst!«

»Amy, Schätzchen«, beschwichtigt sie mich, doch ich habe sie schon am Oberarm gepackt und zerre sie Richtung Ausgang.

»Es tut mir wirklich leid, dass ich dich so enttäusche, Mum. Dass ich einen Beruf erlernt habe, in dem Frauen noch immer überwiegen und ich sogar ein Studium in diesem unwürdigen Job abgeschlossen habe. Aber vielleicht tröstet es dich, dass ich mit dem Durchschnittsgehalt eines Mannes locker mithalten kann.«

»Und wenn der Mann denselben Job ausüben würde, wäre euer Verdienst dann immer noch gleich?«

Ich spüre die Vene in meinem Hals pochen und beiße die Zähne aufeinander, um darauf nichts zu erwidern. Es würde ohnehin keinen Sinn ergeben, da sie in ihrem schon krankhaften Wahn nach Feminismus rein gar nichts Positives mehr erkennt. Es gibt nie einen Grund zur

Zufriedenheit, weil die Männer den Frauen eben doch immer einen Schritt voraus sind. Sie hat nie darüber gesprochen, aber so sehr, wie sie Männer verabscheut, wundert es mich, dass ich überhaupt entstehen konnte. Jedoch nicht, warum ich meinen Vater niemals kennengelernt habe. Angeblich hat sie ihn verlassen, ich vermute allerdings eher, dass er sich das nicht lange antun konnte. Wer könnte es ihm verübeln?

Wir kommen vor der Glastür zum Stehen, die ich aufstoße, und mir die stehende Hitze, die draußen vorherrscht, ins Gesicht schlägt. Sofort dreht sich alles um mich und ich klammere mich Halt suchend an den Griff der Tür.

»Geht es dir gut, Schatz?«, will Mum wissen und kommt näher, sodass ich ihren mir so bekannten Duft nach Maiglöckchen wahrnehme. Nun tut es mir beinahe schon wieder leid, dass ich so gemein zu ihr war.

»Ja, es geht mir gut. Vielleicht sollte ich einfach mal eine Woche Urlaub einreichen.«

»Das solltest du. Du wirkst müde und auch irgendwie gereizt.« Ich ziehe die Augenbrauen hoch und schaue zu ihr herunter. Obwohl wir uns so ähnlich sehen, ist sie mit ihren 1,60 Meter fünfzehn Zentimeter kleiner als ich. Sagte ich gerade noch, dass mir meine Gemeinheiten leidtun? Das nehme ich zurück.

»Ich melde mich.« Ich deute mit dem Kopf an, dass sie gehen soll, und ein Glück, sie macht, was ich möchte. Erleichtert sehe ich ihr hinterher, bis die Tür zugefallen ist, lege meine Stirn an das kühle Glas der Schuhabteilung und atme tief durch. Kaum zu glauben, dass ich das denke, aber am liebsten will ich meine Tasche holen und gehen. Mit ist schwindelig, ich bin hundemüde und so sehr ich es auch hasse, Mum recht zu geben, dadurch bin ich irgendwie gereizt.

Ich richte mich langsam ausatmend auf, streiche über meinen dunklen Bleistiftrock und mache mich auf den Weg zurück in den Aufenthaltsraum. In der Männerabteilung sehe ich kurz zu Anna, lächle ihr im Vorbeigehen zu und komme ins Stocken. Sollte ich sie fragen, was Mum alles zu ihr gesagt hat? Vielleicht hat sie ihr direkt einen Flyer zur nächsten Demo in die Hand gedrückt: »Ich lasse mich vom Vater meiner Kinder nicht versklaven« oder so etwas. Ich presse die Lippen aufeinander und entscheide mich dagegen. An der Tür zum Aufenthaltsraum taucht Elisabeth abermals neben mir auf. So spielt es sich in der Regel ab, ich streife durch den Laden und sie folgt mir wie ein Schatten. Ich mache etliche Anmerkungen, was ich geändert haben möchte, und sie schreibt eifrig auf ihren Notizzettel mit, den sie stets bei sich trägt. Nur heute ist etwas anders, heute hätte ich gerne fünf Minuten für mich.

»Warum benutzen Sie eigentlich nicht das Tablet?«, frage ich und deute auf ihren zerfledderten Spiralblock.

»Nun ich«, stammelt sie und sieht sich in dem kleinen fensterlosen Raum um, als würde irgendwo an den Wänden eine Antwort stehen. »Ich kann mir Dinge besser merken, wenn ich sie richtig aufschreibe und nicht in ein Gerät tippe.«

Ich sehe sie ein paar Sekunden an und nicke. Kurz bin ich verleitet, sie zu fragen, warum es ihr so unangenehm ist, wenn ich da bin. Beinahe könnte man denken, sie hat Angst vor mir, dabei habe ich ihr ganz sicher noch nie etwas getan, um das zu forcieren.

Die Tür geht auf und Anna betritt den Raum. Ihre Augen weiten sich, und ohne zu zögern, legt sie den Rückwärtsgang ein. »Entschuldigung, ich wollte nicht stören.«

»Moment«, rufe ich sie zurück und ihr Blick pendelt zögernd zwischen Elisabeth und mir. »Was wollten Sie denn?«

»Ich ... nun ja, ich mache inzwischen öfter Pause und wollte eine Kleinigkeit essen.«

Ich ziehe die Augenbrauen zusammen und winke sie herein. »Dann bitte, tun Sie das.«

Sie blinzelt ungläubig und geht an den Kühlschrank. Elisabeth öffnet den Online-Katalog einer unserer

Zulieferer und zeigt mir einige Artikel der kommenden Saison. »Dieses könnte ich mir für unsere Kundschaft sehr gut vorstellen«, erklärt sie und wischt ein paar Mal über den Bildschirm des Tablets.

Mechanisch nicke ich, kann mich jedoch kaum auf ihre Worte konzentrieren. Mein Hals wird spürbar enger und ich hole tief Luft, um das Gefühl zu vertreiben.

»Alles in Ordnung?«, fragt sie zum zweiten Mal an diesem Vormittag und ich winke energisch ab.

»Alles bestens. Es ist nur …« Mein Magen rumort so laut, dass ich fürchte, sie könnten es hören, und fasse mir an den Hals. Hektisch sehe ich mich im Raum um. Anna stochert in ihrer mitgebrachten *Tupperdose* und isst etwas Undefinierbares, deren Öl an ihrem Kinn hinunterläuft – Fisch. Ich schlucke, schlucke erneut und schlage mir die Hand vor den Mund. Eilig laufe ich an Elisabeth vorbei und schaffe es gerade noch rechtzeitig zur Spüle der Küchenzeile und übergebe mich. Mehr Substanz als die Banane und den Kaffee von heute Morgen gibt es nicht und doch zieht sich mein Magen von dem Geruch des Erbrochenen weiterhin krampfartig zusammen und ich würge trocken.

»Um Gottes willen, Amy«, höre ich Elisabeths erschrockene Stimme und schließe gequält die Augen. Erst Mum und jetzt das, schlimmer kann der Tag nicht mehr werden. Elisabeth streichelt mir über den Rücken und hält die Haarsträhne zurück, die sich aus meinem Zopf gelöst hat. Ihre mütterliche Fürsorge ist mir beinahe noch unangenehmer als die automatische Selbstentleerung.

Das Engegefühl in meinem Hals lässt nach und ich drehe den Wasserhahn auf, um das Becken und meinen Mund auszuspülen. Das Ganze ist so blamabel, dass ich am liebsten den Rest des Tages mit dem Kopf über dem Ausguss bleiben würde. Ich ziehe ein paar der Papierhandtücher aus dem Spender, tupfe meinen Mund trocken und richte mich auf. Unsicher lächle ich von Elisabeth zu Anne.

»Es geht wieder.« Ich schüttle ungläubig den Kopf. »Mir war schon den ganzen Morgen so flau, vielleicht sollte ich ein andermal wiederkommen. Nicht, dass ich Sie noch mit irgendetwas anstecke.«

»Das wird das Beste sein, zumal sie vorhin schon erwähnten, müde zu sein«, bestätigt Elisabeth und ich runzle die Stirn. Ist das wirklich gut gemeint oder freut sie sich lediglich, mich dadurch schneller los zu sein? »Vielleicht brüten Sie etwas aus?«, setzt sie nach und Anna streichelt sich lächelnd über den Bauch.

»Oder Sie sind schwanger.« Ich drehe den Kopf in Slow Motion zu ihr und blinzle sie ungläubig an. »Oh, tut mir leid«, stottert sie und streicht sich eine Haarsträhne hinters

53

Ohr. »Dumme Gedanken einer werdenden Mutter, wir sehen überall Schwangere. Wegen der Übelkeit und wenn Sie müde sind ...« Sie unterbricht sich mitten im Satz und presst die Lippen aufeinander. »Entschuldigung.« Damit verschwindet sie eilig aus dem Raum und ich sehe ihr nach, bis die Tür hinter ihr ins Schloss fällt. Ich starre weiterhin auf das Türblatt, schlucke schwer und glaube, ich muss mich schon wieder übergeben. Elisabeth faselt etwas, von dem ich kein Wort verstehe und rechne unterdessen an den Fingern ab, die ich an meine Schenkel tippe. Das kann nicht sein. Wir haben verhütet und selbst wenn dabei etwas schieflief, ist das rein körperlich praktisch unmöglich.

Amy

Nun wird mir auch klar, warum in London jeder normale Mensch mit der *Tube* fährt. Nur Idioten wie ich sind mit dem Wagen unterwegs. Der Verkehr bewegt sich, wenn überhaupt nur im Schritttempo, alles, was das beinahe unbewegliche Bild unterbricht, sind die Fahrradkuriere, die zwischen den Autos Slalom fahren. Irgendwo betätigt einer penetrant die Hupe, als würde es das Ganze durch Zauberhand beschleunigen und die meisten glauben anscheinend, dass es funktioniert. Anders kann ich mir nicht erklären, dass es hinter und vor mir in monotonen Abständen ebenfalls hupt.

»Ich muss da rüber«, schreit der Typ im *BMW* neben mir und wedelt wie verrückt auf meine Straßenspur. Ich tue so, als würde ich mich nicht angesprochen fühlen, lasse die Seitenscheibe hochfahren und drücke den Knopf, der alle Türen des Wagens zeitgleich verriegelt. Sicher ist sicher. Ruhelos trommele ich auf das Lenkrad und sehe demonstrativ in die andere Richtung, was den Wildgewordenen noch verrückter werden lässt. Das Klingeln des Telefons hallt aus den Boxen durch den Innenraum und ich nehme das Gespräch sofort entgegen.

»Hey. Hast du versucht, anzurufen?«, kommt es von Holly und ich stelle den Ton leiser, damit sie mich nicht derart anschreit.

»Ja, wo bist du?«

»Es ist Montagvormittag. Wo soll ich da schon sein? Im Laden.«

»Dann komme ich gleich vorbei.« Mein Blick fällt auf den stockenden Verkehr und den Kerl neben mir, der inzwischen zornesrot ist. Er deutet immer wütender auf meine Spur. »Streich das *gleich*, es dauert vermutlich noch etwas.«

»Bist du im Auto unterwegs? Was ist denn das für ein Krach da bei dir?«, fragt sie weiter.

»Ja, mitten in der City.«

Der Hirnbefreite neben mir wird immer fuchtiger. Ich habe ja verstanden, dass er auf diese Spur wechseln will, aber wenn sich der Wagen vor mir nicht bewegt, kann ich ihn auch nicht dazwischen lassen. Ich deute auf das vor mir stehenden Fahrzeug und zucke mit den Schultern, was ihn jedoch nur noch wütender macht. Er drischt ein paarmal auf sein Lenkrad. Ich habe mal einen Bericht gesehen, in dem Leute ihr Auto restlos demoliert haben, nur weil sie ein Knöllchen bekamen. Ziemlich dämlich, aber der Kerl hier ist garantiert auch so eine Evolutionsbremse.

»Moment mal, du bist in der City? Arbeitest du nicht?«, hallt Hollys Stimme durch den Wagen und mein Magen zieht sich unangenehm zusammen. Säure steigt mir die Speiseröhre hoch – oh Gott, bloß nicht das noch. Ich lege eine Hand auf meinen Bauch, atme tief durch die Nase ein und den Mund wieder aus. Es nützt nichts, ich brauche Frischluft. Ich lasse das Seitenfenster erneut herunter und lehne mich etwas zur Seite. Ist dieser von Autogasen durchtränkte Sauerstoff nicht schön?

»Ey, du dusselige Kuh. Bist du schon mal Auto gefahren? Wärst du heute Morgen mal mit dem Arsch im Bett geblieben.«

Also jetzt reicht es. Ich drücke den Knopf, der das Mikrofon stumm stellt. »Das wollte ich ja, aber dein Vater hat gemeint, ich muss gehen, weil deine Mama jeden Moment nach Hause kommt!«

Er reißt die Augen auf und hält endlich mal die Klappe. Ich zeige ihm noch den ausgestreckten Mittelfinger und lasse die Scheibe wieder hochfahren. Unfreundliches Gesindel.

»Was ist denn da los? Hallo?« Schnell stelle ich das Mikrofon wieder an.

»Ich komme, so schnell ich kann.« Ich stoße auf und meine Kopfhaut prickelt unruhig. »Bis hoffentlich gleich.« Ich beende das Gespräch und konzentriere mich wieder auf die Autoschlange vor mir. Zumindest der Typ im Wagen nebenan gibt Ruhe, wenn nur dieses penetrante Gehupe nachlassen würde. Ich reibe mir mit den Fingern über die Schläfe und versuche, den Lärm um mich herum auszublenden.

Juhu, es geht vorwärts. Ach doch nicht, nach nur vier Metern ist wieder Schluss. Im Augenwinkel sehe ich mein Telefon, das neben der Handtasche auf dem Beifahrersitz liegt, ziehe es heraus und öffne den Kalender. Ich zähle zurück bis zu dem Abend im *Lamour*. Stirnrunzelnd knabbere ich auf einem Fingernagel und versuche, mich zu erinnern. Haben wir wirklich verhütet? Ich bin mir nicht zu hundert Prozent sicher, aber ... doch, na klar. Ich habe es nicht geschafft und dann hat Calvin sich das Kondom selbst übergezogen. Wie viele von tausend Frauen werden trotz Kondom schwanger? Einhundert? Oder zweihundert? Wir waren ziemlich betrunken, was bedeutet, dass wir es vielleicht nicht ganz korrekt verwendet haben? Haben wir in der zweiten Runde auch eins benutzt? Aber selbst wenn ich diese Punkte außen vor lasse, kann ich nicht schwanger sein.

»Miss Collins, leider muss ich Ihnen mitteilen, dass Ihre Beschwerden während der Menstruation von einer sogenannten Endometriose kommen. Bevor ich auf die

Möglichkeiten der Verbesserung komme, muss ich Ihnen bedauerlicherweise sagen, dass mehr als die Hälfte aller Patientinnen nicht spontan schwanger werden. Falls Sie einen Kinderwunsch haben, können wir Ihre Fruchtbarkeit gegebenenfalls mit einer Operation verbessern.«
»Gegebenenfalls?«
»Ja. Es ist nur eine Maßnahme, aber keine Garantie.«

Energisches Hupen katapultiert mich aus der Überlegung ins Auto zurück. Die Spur vor mir ist frei und das Fahrzeug hinter mir schert aus, um an mir vorbeizuziehen. Ich schüttle die Gedanken ab, lege den Schalthebel auf D und fahre langsam an.

Den Rest der Fahrt bin ich gar nicht richtig anwesend und steuere den Wagen eine halbe Stunde später in die Etage des Parkhauses, auf deren Geschoss sich Hollys Dessousgeschäft befindet. Fahrig grapsche ich nach dem Telefon, stopfe es in die Handtasche und steige aus. Vermutlich reagiere ich einfach über. Jeder kann mal müde sein und auch Übelkeit ist nicht unbedingt ein seltenes Symptom. Vielleicht habe ich eine Grippe oder habe etwas Falsches gegessen. Ich betrete die große Etage, schlängele mich an Hunderten bummelnden Menschen vorbei und drücke endlich die Tür in die kleine, aber exklusive Boutique auf.

»Himmel, haben die Menschen wochentags um die Uhrzeit nichts anderes zu tun?«, stoße ich genervt aus und erstarre, als ich statt Holly ihre Angestellte Melissa entdecke.

»Widerlich, oder? Ich bin auch jedes Mal genervt, wenn ich Kunden sehe«, erwidert sie und beugt sich wieder über das Dokument vor sich.

Ähm. Ich blinzle und eile dann am Kassentisch vorbei in den hinteren Bereich des Ladens, der durch eine halbhohe Wand für Kunden nicht einsehbar ist. Holly sitzt mit einem Kaffee an einem winzigen Zweiertisch, studiert ein Schreiben und kaut auf dem Ende des Stiftes. Ekelhaft, ich kann diese angefressenen Stiftenden nicht ausstehen. Hoffentlich ist es wenigstens ihrer und wird nicht noch von anderen benutzt.

»Bist du sicher, dass Melissa die Richtige für den Laden ist?« Ich zeige mit dem Daumen über die Schulter und flüstere: »Sie hasst Kunden.«

Holly zuckt mit den Achseln und wirft den angenagten Stift auf den Tisch. »Du doch auch, deswegen bist du Verkaufsleitung geworden. Um aus dem Laden und von den Kunden wegzukommen.« Wo sie recht hat, hat sie recht. »Was mich zum nächsten Punkt bringt. Seit Jahren bist du unter der Woche vor lauter Arbeit nicht ansprechbar. Dass du also hier bist, bedeutet entweder, du hast deinen Job verloren oder es ist etwas noch Schlimmeres passiert.«

»Ich ...« Nervös schaue ich über die Schulter in Richtung Verkaufsraum, stelle meine Handtasche auf das Regal rechts von mir und setze mich Holly gegenüber an den Tisch. »Vielleicht ist es gar nichts, aber eine Mitarbeiterin hat da vorhin etwas fallen lassen, das mir keine Ruhe lässt.«

»Sie hat etwas fallen gelassen? Was denn, ein Paar eurer unverschämt teuren Schuhe?«

Ich verdrehe die Augen, stütze mich mit den Ellenbogen auf den Tisch und beuge mich näher zu ihr. »Ich bin seit einigen Tagen so geschlaucht, irgendwie müde.«

»Du arbeitest zwölf Stunden am Tag, da kann das schon mal vorkommen.« Ich stöhne genervt und hebe eine Augenbraue. »Sorry, erzähl weiter.«

»Und dann habe ich mich heute Morgen in die Spüle des Aufenthaltsraums übergeben.«

»Übergeben?«

»Ja verdammt, übergeben. Rückwärts gegessen, Bogenhusten, oral ejakuliert, gekotzt. Nenne es, wie du willst.«

Holly schweigt und ich warte auf den Moment, in dem sie die Erkenntnis trifft. »Grippe?«

Ich stöhne noch einmal und lehne mich auf dem Stuhl zurück.

»Schwanger?«, kommt es aus dem Verkaufsraum von Melissa und ich zucke erschrocken zusammen.

Holly runzelt die Stirn und sieht mich prüfend an. »Muss man dafür nicht Sex haben?«

Ich verschränke die Arme vor der Brust. Warum bin ich eigentlich hergekommen?

»Oh«, kommt es von ihr und endlich scheint sie Erleuchtung zu finden. Ich sehe sie an und warte ab, bis sie ihren Gedanken beendet. »Ohhh!«

»Ja, oh«, bestätige ich und hebe die Hände. »Und nun?«

»Hast du schon einen Test gemacht?«

»Na klar, vier«, spotte ich und stehe auf, um in dem winzigen Raum auf und ab zu laufen. »Wie ich bereits sagte, erwähnte meine Mitarbeiterin die Möglichkeit am heutigen Morgen. Die letzten zwei Stunden stand ich im Stau, habe mich dabei mit einem Mann im Nachbarauto angefreundet und jetzt bin ich hier. Aber ja, zwischendurch war ich noch beim Arzt und habe mir das Problemchen attestieren lassen.«

»Gegenüber ist ein *Boots*. Wie wäre es erst mal mit einem Test, bevor du irgendwelche Ärzte aufscheuchst. Ich meine, zumal ... na ja.« Holly lässt den Satz in der Luft hängen, aber ich weiß auch so, dass sie auf die Endometriose anspielt.

Ich habe mir nie Gedanken darüber gemacht, ob ich einmal Kinder möchte oder nicht, es war halt etwas, über das ich nachdenken wollte, sobald es so weit ist. Zu erfahren, dass selbst wenn ich mich eines Tages für den Kinderwunsch entscheide, dieser sehr unwahrscheinlich bis unmöglich ist, brachte meine Welt trotzdem erst einmal ins Wanken. Sie schien kurz stehen zu bleiben, ehe sie sich in die andere, falsche Richtung weiterdrehte. Das Leben läuft weiter, nur dass das, was ich als selbstverständlich angesehen habe, eben doch nicht bei jedem ganz natürlich ist. Holly war die Einzige, der ich zeigte, wie sehr ich darunter litt. Bei ihr habe ich um die Kinder geweint, von denen ich nicht einmal wusste, dass ich sie eines Tages hätte haben wollen. Vielleicht habe ich auch nur um die Möglichkeit getrauert, die Wahl zu haben, aber der Schmerz war derselbe. Als würde mir jemand einen glühenden Schürhaken in die Eingeweide rammen, diesen langsam immer weiterdrehen und mir damit sämtliche Luft zum Atmen nehmen.

Ich schlucke und nicke geistesabwesend. »Stimmt, ich gehe schnell rüber.« Weggetreten krame ich in meiner Handtasche nach dem Portemonnaie und will los, als Holly mich zurückhält. Sie sieht mir tief in die Augen und ich glaube, zu wissen, was sie denkt: Was wirst du tun, sollte es so sein? Und selbst wenn ich wollte, ich weiß es nicht. Ich drücke ihre Hand und ringe mir ein Lächeln ab. Mein Magen zieht sich angsterfüllt zusammen und mein Körper zittert. Gewissheit, das ist es, was ich zuallererst brauche.

Amy

Wie viele Schwangerschaftstests braucht der Mensch? Im Regal vor mir liegen zwölf verschiedene Verpackungen und ich nehme den in der mittleren Preisklasse an mich, wobei ich verstohlen über die Schulter sehe. Schwangerschaftstests haben irgendwie etwas von Kondomen. Als würde man schreien: »Seht her, ich habe Sex.« Komischerweise hatte ich das Gefühl nie, als ich damals noch mit der Pille verhütete und sie alle paar Monate in der Apotheke holen musste. Ich konzentriere mich wieder auf die Packung in meiner Hand: *Nach nur einer Minute erscheinen die Kontrolllinien im Fenster und nach drei weiteren können Sie das Ergebnis ablesen.* Was denn nun, eine oder drei? Egal, ich nehme ihn.

»Dieser hier ist extrem zuverlässig«, flötete eine Verkäuferin neben mir und nimmt eine blau-weiße Verpackung aus dem Regal. »99 % sicher.« Sie schmatzt derart offen auf ihrem Kaugummi herum, sodass ich unfreiwillig wie bei einem Unfall hinsehen muss, wie das Steinchen ihres Zungenpiercings aufblitzt. Ich nicke stumm, nehme auch diesen und will mich gerade abwenden, da fällt mein Blick auf den teuersten der Tests.

Ich wusste, dass Kinder kostspielig sind, aber dass das bei den Tests bereits losgeht, war mir bisher nicht klar. Für den Preis bekommt man einen ganzen Kinderwagen. Mit Display, wie fortschrittlich, und wenn dieser Test kann, was er verspricht, wüsste ich danach sogar, wie viele Wochen seit der Empfängnis vergangen sind, 1-2, 2-3 oder 3+. Da fragt man sich doch, woher er das anhand meines Pipis herausfinden will. Aufgrund meiner spärlichen sexuellen Begegnungen in letzter Zeit ist das ohnehin unnütz. Ich nehme ihn ebenfalls mit.

Gott sei Dank, es steht kein Kunde an der Kasse, der Zeitpunkt ist demnach günstig. Ich flitze, so schnell es meine Zehn-Zentimeter-Absätze zulassen, hinüber und lege die drei Packungen aufs Band.

»Drei Stück? Man kann nur einmal schwanger sein«, faselt die Kassiererin und studiert das Kleingedruckte einer Verpackung. Ohne auf ihr Geschwätz einzugehen, lächle ich verkniffen und sehe in den Laden zurück, ob auch ja niemand kommt. Beinahe muss ich über mich selbst lachen. »Sind Sie sicher, dass Sie drei Tests brauchen? Ich meine, kostet doch alles Geld und das Ergebnis wissen Sie schon nach dem ersten.«

»Wenn Sie einfach nur abkassieren würden, bitte? Danke.«

»Ist so eine neue Idee des Marktleiters«, erklärt sie und zeigt genervt auf ein Schild, das an der Kabinentür hinter ihr hängt:

Wir haben noch Zeit für ein Gespräch und ein Lächeln. Bei uns werden Sie nicht abgefertigt.

Ach, du ahnst es ja nicht. »Danke, aber ich habe es eilig und verzichte auf das Gespräch. Ich komme gegebenenfalls darauf zurück«, erkläre ich und ziehe nebenbei das Portemonnaie aus der Handtasche.

»Nun werden Sie mal nicht frech!«, knurrt sie mich an und zieht die Packungen über den Scanner. »Macht 27,10 £.«

Ich reiße kurz die Augen auf, schiebe meine Kreditkarte ins EC-Gerät und die Verkäuferin dreht affektiert eine Haarsträhne um ihren Finger. »Muss schön sein, wenn Geld keine Rolle spielt.«

Blinzelnd stecke ich die Karte wieder ein, stopfe die Tests sowie das Portemonnaie in die Tasche und deute auf das Schild hinter ihr. »Sagen Sie Ihrem Marktleiter, er sollte eine andere an die Kasse setzen, das mit dem Lächeln haben Sie nämlich nicht drauf.«

Nur Minuten später sitze ich auf der Toilette in Hollys Laden und reiße die erste Verpackung auf. Ich ziehe die Plastikkappe ab, da soll ich ...

»Hast du schon draufgepinkelt?«, dröhnt es von Holly durch die Tür und dem Rascheln nach hängt sie mit dem Ohr am Türblatt und lauscht. Ich schürze genervt die Lippen und konzentriere mich auf meine Aufgabe. »Hallo?«

»Holly, halt die Klappe und verschwinde! Ich kann so nicht.« Ich schließe die Augen und versuche, alles andere auszublenden, aber es kommt nichts, nicht ein Tropfen.

»Mach das Wasser an, das hilft.«

Ungeduldig drehe ich den Hahn auf und tatsächlich, das könnte funktionieren. Ich presse, drücke und komme mir schon vor wie bei einer eigentlichen Geburt, dabei will ich nur pinkeln. Endlich kommt etwas und ich hoffe, dass es für ein Ergebnis ausreicht.

Eilig stülpe ich den Deckel auf die Testspitze, lege ihn auf die Ablage über der Spülung und ziehe mich an. Nicht draufsehen! Ich spüle und reiße im selben Augenblick die Tür auf, was Holly erschrocken zurückspringen lässt.

»Kannst du mir mal sagen, wie ich pinkeln soll, wenn du die ganze Zeit zuhörst?«

Ohne auf die Frage einzugehen, sieht sie über meine Schulter in Richtung Test. »Und? Wie ist das Ergebnis?«

»Drei Minuten«, gebe ich zurück und ziehe mir einen Latte macchiato aus dem Kaffeevollautomaten. Damit ich pinkeln kann, wenn ich die anderen Tests noch mache.

Holly lehnt sich mit verschränkten Armen an den Türrahmen und mustert mich. Ich versuche einfach, es zu ignorieren, was mir jedoch nicht gelingt. Das unangenehme Prickeln in meinem Nacken wird immer stärker. Der Kaffee ist fertig und ich drehe mich mit dem Glas in der Hand zu ihr herum. »Was ist?«

Sekundenlang herrscht Stille in dem kleinen Raum, nur die leise Hintergrundmusik aus dem Verkaufsraum ist schwach zu hören. Ich kenne diesen Blick an ihr, sie überlegt, ob sie das, was sie denkt, aussprechen soll oder nicht.

»Hast du schon darüber nachgedacht, was du machen willst, wenn der Test positiv sein sollte?«

Wieder sekundenlange Stille. Mein Schlucken ist so laut, dass ich fürchte, sie könnte es trotz der zwei Meter Distanz zwischen uns hören. Ich schüttle den Kopf und nippe kurz am Kaffee. »Nein, habe ich nicht.«

Holly deutet auf den Toilettenraum hinter ihrem Rücken. »Willst du gehen oder soll ich?«

Ich habe mir nie vorgestellt, wie dieser Moment wohl sein würde. Zum einen gab es noch keinen Mann, bei dem ich so weit gedacht hätte, und zum anderen, weil es eben unwahrscheinlich ist, dass ich überhaupt darüber nachdenken konnte, auf natürlichem Wege schwanger zu werden. Dennoch sollte dieser Moment anders ablaufen. Hibbelig mit dem Partner abzuwarten, dass die Minuten bis zum Ergebnis vergehen und dann der große Augenblick – wird aus eins und eins drei oder zerplatzt die Hoffnung dank eines zehn Pfund teuren Plastikstäbchens? Aber ganz sicher sollte man so einen Moment nicht im Hinterzimmer eines Ladens erleben und noch weniger allein. Ich habe keinen Partner, der mit mir hibbelt und … ich kenne den infrage kommenden Vater nicht einmal. Da habe ich ein einziges Mal im Leben einen One-Night-Stand und dann so was. Wäre die Lage nicht dermaßen beschissen, könnte ich fast über die Unmöglichkeit der Situation lachen.

»Amy?« Blinzelnd sehe ich Holly an und schüttle die Träumereien ab. Tief durchatmend nicke ich ihr zu und deute auf den Test in Richtung Toilette.

»Sieh du nach.« Gänsehaut überzieht meine Arme und den Rücken. Mein Herz pumpt das Blut so sehr durch meine Venen, dass meine Muskeln unwillkürlich zucken. Bitte sei negativ! Bitte sei positiv! Bitte sei … ich weiß es doch auch nicht. Es geht ein Ruck durch Holly und ihre Schultern versteifen sich. Mein Hals verengt sich, der gerade getrunkene Kaffee kriecht meine Speiseröhre hoch. »Nun sag schon!«

Holly dreht sich um, hält den Teststreifen vor sich und ich kneife die Augen zusammen, um besser sehen zu können.

»Zwei Streifen«, stellt Melissa, die plötzlich neben mir steht, trocken fest und ich schaue sie blinzelnd an. »Darf man gratulieren oder eher nicht?«

»Zwei Streifen heißt schwanger, oder?«, stammle ich, fahre mir mit der Hand über die Haare und drehe mich zur Wand, um den Blicken der anderen nicht zu begegnen. Die Gänsehaut zieht sich über meinen ganzen Körper und Tränen steigen mir in die Augen. Ich atme hektisch, spüre, wie der Druck in mir immer stärker wird, und höre ein leises Nuscheln hinter mir. Aus dem Augenwinkel erkenne ich, dass Melissa den Raum verlässt. Holly streichelt mir über den Rücken und ich presse meine Handballen auf die Augen, um den nahenden Zusammenbruch aufzuhalten. Tausende Gedanken wirbeln durch meinen Kopf. Wie kann das möglich sein, wenn es laut Arzt doch derart unwahrscheinlich ist? Warum in dieser Situation? Ich bin ganz allein, wie sollte ich das schaffen? Was ist mit meinem Job, für den ich so lange dermaßen hart gearbeitet habe? Aber könnte ich diese vielleicht einmalige Chance vergeuden? Könnte ich es wegmachen lassen? Mein Körper zittert unkontrolliert, ein Wimmern baut sich irgendwo in den Tiefen meiner Seele auf und im selben Augenblick, als ein Schluchzen aus mir herausbricht, zieht Holly mich in ihre Arme. Ich weine, wie ich noch nie geweint habe, so sehr, dass ich glaube, keine Luft mehr zu bekommen. Über das Wunder, das es letztlich ist, die Ausweglosigkeit der Situation und darüber, dass ich nicht im Entferntesten weiß, was ich jetzt tun soll.

Amy

In der Hoffnung, ganz spontan dazwischengeschoben zu werden, betrete ich die Praxis meiner Gynäkologin. Der Name auf dem Praxisschild ist ein anderer, vielleicht hat sie geheiratet? Während ich an der Anmeldung warte, dass ich an der Reihe bin, lasse ich den Blick durch den Empfangsraum wandern und bleibe an einer Pinnwand rechts von mir hängen. Unzählige Karten mit Babybildern, mit denen Eltern sich für die großartige Betreuung während der Schwangerschaft bedanken. Ich mache einen Schritt darauf zu und lege den Kopf schräg, um einige der Danksagungen zu lesen. Auf keiner der Karten steht nur eine Mutter, auf jeder ist auch ein Vater aufgeführt – ein Vater, den ich nicht vorzuweisen habe. Unwillkürlich will ich mir an den flachen Bauch fassen und zucke ertappt zusammen, als die Rezeptionistin mich aufruft.

»Hallo. Ich habe einen positiven Schwangerschaftstest gemacht«, eigentlich drei, »und wüsste gerne, ob die Ärztin ganz kurzfristig einen Termin freihat.«

»Name?«

»Amy Collins.«

Sie drischt auf die Tastatur ein, wobei sie mit den Spitzen ihrer unnatürlich langen Fingernägel immer auch Buchstaben trifft, die sie gar nicht betätigen will. »Sie waren das letzte Mal vor zwei Jahren hier«, stellt sie tonlos fest und ich beiße mir auf die Lippen. Ich weiß, ich bin schlecht. »Frau Doktor Tenner ist nicht mehr bei uns, Doktor Benson hat die Praxis vor eineinhalb Jahren übernommen.«

Mir ist vollkommen scheißegal, ob eine Doktor Tenner, Doktor Benson oder Medikus Grenzdebil mich untersucht, Hauptsache, es macht überhaupt einer.

»Wenn Sie Zeit haben zu warten, dann könnten Sie direkt bleiben und wir schieben Sie dazwischen.«

»Wunderbar!« Ich atme erleichtert aus, reiche ihr die Versichertennummer und gehe ins Wartezimmer, in dem es – wie sollte es auch anders sein – von Schwangeren nur so wimmelt. Vermutlich war das bei meinen früheren Besuchen hier schon genauso, aber erst heute fällt es mir richtig auf. Bereits bei der Herfahrt habe ich unnatürlich viele Frauen ausgemacht, die eine Kugel vor sich herschoben, als hätten sie einen Truthahn verschluckt – unzerlegt und ungekaut.

»Ich habe mir Löcher in meine BHs geschnitten, das soll die Brustwarzen ganz wunderbar auf die bevorstehende Beanspruchung vorbereiten«, erklärt eine von ihnen und die Frau ihr gegenüber nickt wissend. Die sieht zwar ebenfalls noch schwanger aus, hat ihr Kind aber schon im Kindersitz vor sich stehen und wackelt ununterbrochen daran herum, obwohl das Kind keinen Mucks von sich gibt.

»Das habe ich auch gedacht«, kontert sie erhaben und winkt mit der freien Hand ab. »Aber das ist nichts gegen den anfänglichen Schmerz beim Stillen. Als würden heiße Nadeln durch deine Brust geschoben werden, mittendurch.« Sie macht eine entsprechende Handbewegung und ich rümpfe die Nase. »Und meine Brustwarzen sind so was von eingerissen, schlimm.«

Oh Gott, das klingt ja furchtbar. Eilig grapsche ich mir eine Zeitung vom Tisch, um mich von dem Horrorgespräch abzulenken, und schlage wahllos eine Seite in der Mitte auf – *die Eröffnungsphase*. Komplett über beide Blätter ist die Vagina einer Frau aufgezeichnet und darüber der Kopf eines Babys, das sich den Weg bahnt. Brüsk klappe ich das Heft wieder zu und werfe es auf den Tisch zurück. Natürlich weiß ich theoretisch, wie so etwas – eine Geburt – abläuft, aber bis heute war ich noch nie so direkt davon betroffen. Meine Vagina wird durchstoßen wie mit einem Presslufthammer und meine Brustwarzen werden aufreißen, bis sie Kraterlandschaften gleichen. Oh nein, ich glaube, mir wird schon wieder schlecht.

»Miss Collins«, ruft eine Arzthelferin und ich springe schnell auf. Nur raus hier aus dem Wartezimmer der Geburtenhölle. »Bitte hier herein, der Doktor ist gleich bei Ihnen.«

Ich lächle dankbar und setze mich in einen der beiden Besucherstühle vor den Schreibtisch. Nett hier. Wenn ich nicht wüsste, wo ich bin, könnten die sanften Apricot- und Brauntöne mich beinahe beruhigen. Im Hintergrund ertönt leise Musik und ich beobachte den Ball des Bildschirmschoners, der, sobald er an den Rand stößt, die Richtung wechselt.

Die Tür hinter mir wird so schwungvoll aufgerissen, dass ich den Windzug im Nacken spüre und reflexartig aufspringe, um den Arzt zu begrüßen. Ich drehe mich herum und zucke unwillkürlich mit dem Kopf zurück – wow. Ich meine heilige Scheiße, wie kann ein Gynäkologe so aussehen? Und vor dem soll ich mich gleich ausziehen? Mehr noch, der soll mich gleich da unten anfassen?

»Ich bin Doktor Benson«, erklärt er strahlend, wobei sich kleine Fältchen um seine hellblauen Augen kräuseln, und reicht mir seine Hand, die ich ergreife. Er setzt sich locker in seinen Stuhl, scrollt auf seiner Computermaus herum und nickt. Entweder mein Begaffen fällt ihm nicht auf, oder er ist es gewohnt, derart von seinen Patientinnen gescannt zu werden. »Sie möchten also, dass wir nachsehen, ob der Schwangerschaftstest recht behält.« Er lächelt und zeigt damit eine Reihe weißer Zähne. Wie ich bereits erwähnte, ein sehr wichtiges Detail. »Dann kommen Sie mal mit.«

Er erhebt sich und geht in den Nebenraum. Irgendwie habe ich das Gefühl, dass sein Gang mir bekannt vorkommt, verwerfe den Gedanken aber sofort, als ich *den* Stuhl sehe.

»Dort können Sie sich untenrum freimachen«, bittet Doktor Benson und deutet links von mir auf eine Umkleidekabine. Ich nicke und gehe hinter den Vorhang. Der denkt vermutlich, ich leide unter geistiger Armut. Habe ich, seit ich hier bin, überhaupt schon ein Wort gesagt? Egal, ich habe derzeit andere Sorgen als heiße Ärzte. Wenn ich sonst zu einem Frauenarzttermin muss, ziehe ich mir immer ein langes Oberteil an, damit ich mich bedeckter fühle, wenn ich von der Umkleide zum Stuhl – oder Pflaumenbaum – gehe. Da dieser Besuch heute Morgen, als ich meine Wohnung verließ, aber nicht geplant war, muss ich mich mit der taillierten Bluse zufriedengeben, die nur knapp unter dem Bauchnabel endet. Folglich ist nix bedeckt. Doktor Benson sitzt auf einem rollenden Hocker und drückt geschäftig auf seinen Gerätschaften herum. Ob er wirklich geschäftig ist oder es seinen Patientinnen so einfach leichter machen will, weiß ich nicht, ist aber auch unwichtig. Ich setze mich auf den Stuhl, während ich mechanisch seine Fragen, ob die eventuelle Schwangerschaft geplant war und ob ich irgendwelche Krankheiten habe, beantworte. Ein Bein nach rechts, eins nach links, fast wie auf der Schlachtbank.

»Wissen Sie aus dem Kopf, wann Sie Ihre letzte Periode hatten?«, fragt Doktor Benson, sodass ich kurz zu ihm sehe. Er schmiert das Kondom um dem Ultraschall-Penis mit Gel ein, bahhh. Ich bin mir eintausendprozentig sicher, dass das keine Frau toll findet. Nicht mal bei einem Arzt wie diesem. Unter anderen Umständen fände ich seinen Kopf mit den zerzausten schwarzen Haaren zwischen meinen Beinen vielleicht ganz nett, aber … Moment, wo kommt das denn plötzlich her? Reiß dich mal zusammen.

»Vor etwa elf Wochen, vielleicht auch zwölf.«

Er lächelt, was mich augenblicklich etwas entspannt. So merke ich kaum, dass er den Ultraschall benutzt, und sehe zum Bildschirm, als ich die Bewegungen im Augenwinkel wahrnehme.

»Hier haben wir Ihre Gebärmutter.« Er bewegt den Stab und sieht konzentriert auf den Monitor vor sich. »Hier ist die Schleimhaut, die sich bereits aufgelockert hat.«

Ich runzle die Stirn und starre auf das Bild, ich erkenne nichts als graue Masse.

»Und hier haben wir es.« Doktor Benson strahlt, als sei das auch für ihn etwas Aufregendes und ich folge seinem Finger mit dem Blick. Er deutet auf eine schwarze Kugel inmitten der grauen Masse, in der wiederum eine kleinere graue Masse liegt die ... Oh Gott. Mein Herzschlag beschleunigt sich so rapide, dass mir kurz schwindelig und das Rauschen in den Ohren dermaßen laut wird, dass ich keines der folgenden Worte von Doktor Benson höre. Er klickt mit Strichen auf dem kleinen Fleck herum, der sich zu bewegen scheint. Nein, nicht scheint, er bewegt sich, definitiv. Unwillkürlich schießen mir Tränen in die Augen, die ich verstohlen wegwische. Mein Leben ist beendet, ich will das nicht.

»Anhand der Größe würde ich sagen, Sie sind in der elften Woche. Herzlichen Glückwunsch!«

Ich blinzle gegen den Tränenschleier an und kann den Blick nicht von der kleinen dicken Bohne nehmen, die es sich in meiner Gebärmutter, in meinem Körper gemütlich gemacht hat.

»Elf Wochen? Das kann nicht sein«, gebe ich mit zittriger Stimme zurück.

»Dabei geht man vom Beginn der letzten Periode aus. Der Zeugungszeitpunkt liegt ungefähr zwei Wochen später. Darum ist man rechnerisch auch vierzig Wochen schwanger, obwohl es eigentlich nur achtunddreißig sind.«

Er zwinkert und drückt einen Knopf auf seinem Gerät, sodass dieses ein Papier ausspuckt. »Und sehen Sie das hier?« Doktor Benson hält den Ultraschall möglichst still und zoomt das Bild näher heran. In der grauen Bohne ist ein winziger Punkt, der sich rasend schnell bewegt. Kaum zu erkennen und doch ganz deutlich. »Erraten Sie, was das ist?«, möchte er wissen und ich halte den Atem an.

»Ist das ... ist das das ...?«

»Genau, das ist das Herz Ihres Babys«, beendet er den Satz und hebt damit meine Welt aus den Angeln.

Amy

Doktor Benson entlässt mich aus dem Untersuchungszimmer und schickt mich direkt ins Labor, dabei drückt er mir ein Ultraschallbild in die Hand und faselt irgendwas, dass ich mir einen Termin an der Rezeption geben lassen soll. Die blonde Laborassistentin mit den drei Nasenringen wiegt mich, misst meinen Blutdruck, zapft mir dann noch etwas Blut ab und reicht mir einen Becher für die Urinuntersuchung. Als wäre ich gar nicht richtig anwesend und stünde nur als Beobachterin in der Ecke des Raums, sehe ich wie eine Unbeteiligte zu. Ich lasse alles über mich ergehen und fühle das Ultraschallbild bleischwer und gleichzeitig federleicht in meiner Hand. Auf dem Weg zur Rezeption schaue ich es genauer an und lächle unwillkürlich. Mit ein bisschen Fantasie kann ich schon jetzt einen kleinen Menschen erkennen. Die Knubbel an der *Bohne*, die in den nächsten Monaten zu Armen und Beinen auswachsen werden, und der riesengroße Kopf, der die Hälfte des winzigen Geschöpfes ausmacht.

Am Tresen angekommen, muss ich kurz warten, wobei mein Blick auf den Prospekt einer Beratungsstelle fällt. Ich schaue zur Patientin vor mir. Offenbar braucht sie noch ein paar Minuten und ich greife nach einem der Flyer: *Unterstützung und Beratung zum Schwangerschaftsabbruch.* Reflexartig schüttle ich mich und hole erschrocken Luft.

Moment mal, dieses Lachen kenne ich doch. Ich drehe mich herum und lasse den Blick kreisen, aber da ist niemand. Ich könnte schwören, ich hätte da etwas gehört – da schon wieder. Es kommt aus dem Raum, dessen Tür leicht angelehnt ist.

»Miss Collins?«, spricht mich eine weitere Arzthelferin an und ich wirble herum. »Wann passt es Ihnen zeitlich?«

Ich tipple vom einen auf den anderen Fuß und schaue verwirrt auf den Visitenkartenhalter vor mir. Gute Frage, wann passt es am besten? Eigentlich nie, weil ich immerzu beruflich eingespannt bin. Herrje, die Arbeit. Ich werde es meinem Chef sagen müssen ... Oh nein, Magensäure steigt mir die Speiseröhre hoch. Eilig drücke ich mir die Hand vor den Mund und deute ihr mit der anderen an, einen Moment zu warten. Ich atme ein paarmal tief durch die Nase ein. Ich glaube, es geht wieder.

Die Arzthelferin lächelt mich ehrlich an. »Besser?«

»Ja«, gebe ich lächelnd zurück und spüre die Wärme in meine Wangen steigen. Wie peinlich ist das denn bitte?

»Doktor Benson sagt, Sie sollen in vier Wochen wieder zur Kontrolle kommen«, erklärt sie und konzentriert sich auf den Kalender, der auf ihrem Monitor aufploppt.

»Amy?«

Blitzartig versteift sich mein ganzer Körper, die Kopfhaut kribbelt und das Blut schießt mir wie ein Tsunami durch die Venen. Das kann nicht sein. Es kann unmöglich so viele Zufälle auf einmal geben. Ich starre die Arzthelferin mit riesigen Augen an, die ihren Blick zwischen mir und dem Jemand hinter mir wandern lässt, und dieser Jemand kann nur einer sein. Wenn ich eine Stimme unter Tausenden anderen wiedererkennen würde, dann seine. Besonnen drehe ich mich auf dem Absatz herum und schlagartig scheinen die Wände immer näher zu rücken.

»Calvin«, flüstere ich so leise, dass ich nicht sicher bin, ob er mich überhaupt verstanden hat. Sein Blick wandert an mir herunter, bis er an dem Ultraschallbild hängen bleibt. Daran und an dem Flyer für die Abtreibungsberatung.

»Wir können los«, dröhnt es neben uns und Doktor Benson klopft Calvin freundschaftlich auf die Schulter. »Kennt ihr euch?«, unterbricht er unser unangenehmes Schweigen und sieht uns im Wechsel an. Natürlich, darum kam mir sein Gang so bekannt vor. Jetzt, da ich Calvin neben Doktor Benson sehe, erkenne ich die Ähnlichkeit.

Die gleichen schwarzen Haare und das identische strahlende Blau der Augen, von dem Calvin nur eines hat. Irgendjemand sollte etwas sagen.

»Du bist schwanger?« Calvin deutet ungelenk auf meine Hand. Ich will antworten, es bestätigen oder zumindest nicken, aber ich bin wie gelähmt, vollkommen von der Situation überfordert. »Welche Woche?«

Hilflos sehe ich zu Doktor Benson, dann zu der Arzthelferin und zurück zu Calvin. »Ausgehend meiner letzten Periode in der elften Woche.« Er runzelt die Stirn, es ist offensichtlich, dass er rechnet.

»Dann war die Zeugung vor neun Wochen.«

Ähm. Irritiert schaue ich von ihm zu Doktor Benson. Woher zur Hölle weiß er so etwas? Ich bin eine Frau und habe dieses rechnerische Exempel heute zum ersten Mal gehört.

»Calvin?«, spricht Doktor Benson ihn an und schaut dann fragend zu mir. Calvin wirkt genauso geschockt wie ich, als ich in Hollys kleinem Aufenthaltsraum zusammenbrach. Doktor Benson sieht zur Tür hinter sich, zu der auf uns zukommenden Patientin und bringt uns beide geistesgegenwärtig aus der Öffentlichkeit der Praxis in den dahinterliegenden Raum.

»Ich ...« Doktor Benson, der bis vor wenigen Minuten noch die Souveränität in Person war, fährt sich mit einer verzweifelten Geste durch die Haare. »Ich lasse euch mal allein.« Er steuert auf die Tür zu, bleibt auf meiner Höhe kurz stehen, als wolle er irgendetwas sagen, und geht dann wortlos, aber mit einem zaghaften Lächeln weiter.

Da wären wir nun, Calvin, den genau der Gefühlscocktail überrollt, den ich bereits vor ein paar Stunden zu mir nehmen konnte. Was soll ich sagen? Soll ich überhaupt etwas sagen? Er fixiert einen imaginären Punkt auf dem Linoleumboden und als ich schon glaube, dass wir noch eine ganze Weile hier verbringen, ohne etwas von uns zu geben, holt er tief Luft.

»Ist es …« Er reibt sich mit den Fingern über die Stirn und sieht mich direkt an. »Ist es von mir?«

In jeder anderen Situation würde eine Frau bei dieser Frage vermutlich ausrasten und ihrem Gegenüber die Eier abreißen, um sie ihm in den Rachen zu stopfen. Aber das hier ist nicht jede andere Situation. Calvin kennt mich nicht. Er weiß nicht, ob ich eine Frau bin, die jedes Wochenende eine weitere Bekanntschaft mit ins Hotel nimmt oder ob ich nicht vielleicht einen langjährigen Partner habe. Ich könnte sogar verheiratet sein und drei Kinder haben, er wüsste es nicht, weil wir rein gar nichts voneinander wissen. Tränen steigen mir in die Augen und ich hole zittrig Luft. Was für eine beschissene Situation. Genau das hier, dem werdenden Vater mitzuteilen, dass er Papa wird, ist der Moment, den

Frauen pedantisch planen und Tausende Male in Gedanken durchspielen.

Ich nicke und schlucke gegen den Kloß im Hals an. »Ja.«

Calvin holt tief Luft, legt sich die Hand auf den Mund und dreht sich von mir weg. Mein Impuls rät, es genauso zu machen, wie Holly vorhin bei mir. Ich sollte zu ihm gehen und ihn in den Arm nehmen. Aber wir sind keine Vertrauten, keine jahrelangen Freunde, die dafür geeignet sind, Trost zu spenden. Ich reibe mir über die Arme, um die Gänsehaut zu vertreiben, und starre Calvins Rücken an. Vielleicht spürt er es und dreht sich herum, obwohl ich nicht einmal überzeugt davon bin, ob ich das möchte. Nicht nur ich als Frau habe mir diesen Augenblick anders vorgestellt, sondern sicher auch er als Mann. Eine Idee trifft mich aus heiterem Himmel – so wenig wie Calvin von mir weiß, so wenig kenne ich von ihm. Was, wenn er eine Freundin hat oder sogar verheiratet ist und bereits drei Kinder hat?

»Calvin, ich ... es tut mir leid, für mich kam das genauso überraschend.« Er dreht sich zu mir herum und seine Gesichtsfarbe ist um mindestens vier Nuancen heller. Hilflos, weil ich nicht weiß, was ich sagen soll, werfe ich die Hände in die Luft.

»Du musst dich nicht entschuldigen«, erklärt er, macht einen Schritt in meine Richtung und setzt sich auf einen der vier Stühle. »Soweit ich mich erinnere, waren wir beide daran beteiligt.« Er versucht, sich ein kleines Lächeln abzuringen, stützt sich mit den Ellenbogen auf die Knie und lässt den Kopf sinken. »Es ist nur ...«

»Als würde einem der Boden unter den Füßen weggezogen«, beende ich den Satz für ihn und er blickt zu mir auf.

»Ja. Das ist nicht gerade das, was ich erwartet habe, als ich Bennet zur Mittagspause abholen wollte.« Ich runzle die Stirn. »Mein Bruder oder wie du ihn vermutlich nennst, Doktor Benson.«

Ich lache freudlos und schüttle den Kopf. »Vor ein paar Stunden war ich noch vollkommen aufgelöst, weil ich nicht einmal deinen vollen Namen kenne, um dich hierüber informieren zu können.« Ich wedle mit dem Ultraschallbild. »Und dann bist du ausgerechnet der Bruder meines Gynäkologen.«

Calvins Mundwinkel zuckt leicht, ehe er ebenfalls grinst. Beinahe möchte ich laut loslachen, so sehr erleichtert diese kleine Geste mich, auch wenn sie eigentlich rein gar nichts zu bedeuten hat. Ich könnte zur Auflockerung noch einwerfen, dass es eine Premiere für mich ist – zwei Brüder, die beide wissen, wie meine Vagina aussieht. Aber das wäre für den Moment wohl doch etwas zu viel an Information.

»Darf ich mal sehen?«, fragt er und ich runzle die Stirn. Was meine Vagina? Habe ich das etwa laut gesagt? Calvin deutet auf das Ultraschallbild, das ich noch immer in der Hand halte. Ah, na klar. Mit zitternden Fingern reiche ich es ihm. Es ist komisch, dass ich das Persönlichste, was ich jemals erlebt habe, mein Kind, mit einem mir eigentlich Fremden teile, und doch ist er nicht gänzlich unbekannt. Ohne ihn gäbe es diese kleine Bohne nicht, keinen winzigen Menschen, der unter meinem Herzen heranwächst. Ich schiebe den Gedanken beiseite und da sehe ich es. Calvin lächelt so glückselig wie ich selbst es vor wenigen Minuten tat. Niemand außer uns beiden wird beim Anblick dieser Aufnahme jemals etwas Derartiges empfinden wie wir. Mein Magen zieht sich krampfartig zusammen und doch durchfährt mich ein warmes wattiges Gefühl, wie ich es noch nie gespürt habe.

»Seit wann weißt du es?«, erkundigt er sich, schaut aber nicht von dem Bild auf.

»Auch erst seit heute.« Calvin sieht zu mir auf, als müsse er sich vergewissern, ob ich die Wahrheit sage. »Ich habe mich heute Morgen bei der Arbeit übergeben und daraufhin hat mich eine Mitarbeiterin darauf gestoßen.« Ich zucke mit den Schultern. »Ich schätze, sie wollte witzig sein. Darauf folgten drei Schwangerschaftstests und nun bin ich hier.« Ich ziehe einen Stuhl vom Tisch und setze mich Calvin gegenüber. »Du musst mir glauben, dass das für mich genauso überraschend kam wie für dich.«

»Willst du es behalten?« Calvin sieht auf den Flyer in meiner Hand.

»Den hatte ich vorhin nur gesehen und …«

»Dennoch hast du ihn mitgenommen«, unterbricht er mich. Schwingt da ein Vorwurf in seiner Stimme mit, oder bilde ich mir das vielleicht nur ein?

Ja, das habe ich wohl. Stirnrunzelnd starre ich auf die erste Seite und erkenne dennoch nichts. Meine Gedanken driften ab und die Schrift verschwimmt. Ich habe mich damit abgefunden, vermutlich niemals auf normalem Weg schwanger werden zu können, aber nun bin ich es. Es war nicht geplant, nicht gewollt und doch ist dieses kleine Menschlein schon jetzt dermaßen stark, dass es sich über alle Prognosen hinweggesetzt und sich in meiner Gebärmutter eingenistet hat.

»Ich habe das kleine Herz schlagen sehen«, flüstere ich, merke, wie mir eine Träne aus dem Augenwinkel über die Wange läuft, und spüre Calvins warme Hände, die sich um meine schließen.

»Ich habe ehrlich gesagt nicht den leisesten Schimmer, wie es werden wird oder wie es funktionieren soll, aber wenn du dich dazu entscheidest, es zu behalten, dann werde ich für dich da sein.« Calvin errötet und er lächelt schief,

wobei sich ein Grübchen auf seiner rechten Wange bildet.
»Für unser Kind da sein. So verrückt das momentan auch klingt.«

Noch eine Träne läuft mir aus dem Augenwinkel und noch eine und noch eine. Calvin wischt sie mir mit dem Daumen weg und ich muss lachen. Das ist doch Wahnsinn. Zwei sich völlig Unbekannte sitzen im Aufenthaltsraum eines Gynäkologen und beschließen, dass sie gemeinsam ein Kind aufziehen. Und trotzdem fühlt sich der Druck dieser übergroßen Aufgabe nicht mehr ganz so schwer an, da ich weiß, dass ich sie nicht allein bewältigen muss. Ja, ich kenne Calvin nicht und habe keinen Schimmer, wie viel sein Wort wert ist. Es ist mir ein Rätsel, wie das alles funktionieren soll, was für Veränderungen auf mich zukommen und wie ich ein Baby mit meinem derzeitigen Leben in Einklang bringen kann. Aber eines weiß ich genau, dass ich nichts auf der Welt mehr will, als dass das Herzchen nie wieder aufhört zu schlagen.

Amy

Ich stoße die Tür ins *Burleske*, der Lieblingsbar von Holly und mir, auf und steuere direkt am Tresen zur Rechten vorbei, auf unseren Stammplatz zu. Hier in der hintersten Nische hat man die meiste Ruhe, um sich zu unterhalten, selbst wenn ab 22:00 Uhr die Musik etwas lauter wird. Leider ist es aber auch die dunkelste Ecke, weil – wie uns Phil, der Inhaber, jedes Mal aufs Neue wissen lässt – beim Renovieren das Kabel nicht mehr für eine Lampe ausreichte. Stattdessen steht eine kleine batteriebetriebene Laterne in der Mitte des runden Tisches. Ich werfe die Handtasche auf einen der Stühle und lasse mich stöhnend auf die Bank an der Wand fallen. Endlich Wochenende. Die restliche Woche verging wie im Flug und einerseits ist alles wie immer. Ich verlasse morgens um sieben die Wohnung, erledige meine Arbeit, mache Überstunden wie sonst auch und komme erst um acht Uhr abends wieder nach Hause. Andererseits ist nichts wie immer. Ständig überlege ich, wie ich diesen bisherigen Arbeitsalltag mit einem Kind bewältigen soll und vor allem, ob ich das überhaupt möchte. Allein beim Gedanken daran, meine Stunden zu reduzieren, wird mir ganz anders. Ich höre meinen Chef bereits »Miss Collins, ich dachte nicht, dass Sie auch so ein Muttertier sind. Ich bin schwer enttäuscht« sagen, gepaart mit diesem typischen Zungenschnalzen, gegen das ich schon, seit ich ihn kenne, eine tiefe Abneigung hege. Oder noch schlimmer, meine Mutter. »Warum solltest du deinen Job aufgeben und dich der Kindererziehung widmen? Nur, weil du Brüste hast? Können Penisträger etwa keine Windeln wechseln? Ist das wieder zu weibisch?«

Nach den Neuigkeiten dieser Woche würde ich gerne einen Tequila Sunrise nur mit Tequila bestellen, aber das geht natürlich nicht. Mum würde ausrasten – »Warum muss man sich als Frau während der Schwangerschaft einschränken, während die Männer fröhlich weitermachen können wie bisher?« Könnte daran liegen, dass die Frau schwanger ist und nicht der Mann? Aber was weiß ich schon, ich habe ja nicht einmal einen.

»Hey. Entschuldige die Verspätung, der Verkehr«, rechtfertigt Holly ihre Unpünktlichkeit und wirft ihre Tasche zwei Zentimeter an meinem Gesicht vorbei auf die Bank.

»Hey«, stammle ich geistesabwesend und starre Melissa an, die auf den Tisch zukommt. Was macht die denn hier?

»Falls du dich fragst, warum ich sie mitgebracht habe, sie ist eine Mutter«, erklärt Holly und setzt sich auf den Stuhl rechts von mir. »Ich dachte, das könnte nützlich sein.

Wenigstens eine, die sich mit diesem ganzen Windelscheiß auskennt.«

»Windelscheiß?«, echoe ich und Melissa nimmt mich zur Begrüßung flüchtig in den Arm. Was soll diese plötzliche Vertrautheit denn nun? Wird man mit Beginn der Schwangerschaft in so eine Art elitären Zirkel aufgenommen?

»Wie geht es dir? Holly hat erzählt, du hast den Erzeuger gefunden?«, legt sie direkt los und lässt sich auf dem Stuhl Holly gegenüber nieder.

Ich blinzle irritiert und schaue zu Holly, die mit den Schultern zuckt.

»Bei der Renovierung hat das Kabel nicht mehr bis hier hinten gereicht und darum ...«, unterbricht Phil und deutet mit dem Kugelschreiber an die vertäfelte Raumdecke, »keine Lampe.«

Ich lache auf und schüttle den Kopf. Na so was, gut, dass er es erwähnt hat. Die ersten 2743 Mal haben wir es nicht verstanden. Aber jetzt, jetzt ja.

Melissa kratzt sich am Ohr und lächelt Phil an, als sei sie nicht ganz sicher, was sie darauf erwidern soll. Sollte sie ab heute öfter hierherkommen, und davon gehe ich wegen des neuen Verbunds des Zirkels aus, wird sie feststellen, dass Phil gar keine Erwiderung erwartet. Im Gegenteil, ich glaube, er will gar keine.

»Weißt du schon, was du möchtest?«, wendet Holly sich an mich und winkt mit der Karte.

»Nein. Ich trauere gerade, weil ich keinen Cocktail trinken darf, während du dich weiterhin druckbetanken darfst. Und das alles nur, weil ich eine Frau bin«, leiere ich herunter und reiche Melissa meine Karte. Mum wäre so was von stolz auf mich.

Holly schürzt die Lippen und nickt. »Ich nehme einen Sex on the Beach.«

Ist es nicht schön, wie rücksichtsvoll sie ist? »Für mich einen Latte macchiato«, ergänze ich, dem Melissa sich anschließt, und Phil eilt zum nächsten Tisch weiter.

»Und nun erzähl, was hat der Typ gesagt? Wie ist sein Name noch gleich?«, fragt Melissa, als hätten wir bereits im Kindergarten miteinander gespielt. Natürlich kenne ich sie schon eine Weile, aber immer nur als Hollys Mitarbeiterin und nicht als Busenfreundin.

»Calvin«, gebe ich verwirrt von mir und sehe Holly vorwurfsvoll an. Eigentlich dachte ich, wir würden heute unter uns sein.

»Und wie hat er reagiert?«, bohrt sie weiter und zieht das Glas mit den Salzstangen an sich heran. »Das ist ja schon eine ganz schöne Hammernachricht. Da besucht er seinen Bruder, hat an dich schon keinen Gedanken mehr vergeudet und bääm.« Sie haut mit der Faust auf den Tisch, sodass Holly und ich zeitgleich zusammenzucken.

»Danke für diese anschauliche Zusammenfassung«, bedanke ich mich und halte kurz inne, als Phil unsere Getränke bringt. »Ich kann ganz gut nachvollziehen, wie es für ihn ist, weil es bei mir auch Bääm gemacht hat.«

Melissa schürzt die Lippen und fummelt in ihrer Handtasche.

»Weißt du inzwischen, was du machen willst?« Holly nippt an ihrem Cocktail. Was gäbe ich darum, auch so einen zu trinken. »Als wir nach deinem Arztbesuch telefonierten, hatte ich den Eindruck, dass du … na ja, dass du nicht gänzlich sicher bist.«

Ich sehe wieder zu Melissa, die noch immer in ihrer Tasche kramt. Was soll's. Ich ziehe mein Glas an mich heran und drehe es zwischen den Fingern. »Es gibt so Momente, Sekunden nur, da glaube ich, dass es leichter wäre, wenn ich es … na ja, wenn ich die Schwangerschaft beenden würde.«

»Das haben andere auch schon gedacht und mussten dann feststellen, dass so ein Abbruch alles andere als leicht …«

»Aber«, falle ich Melissa ins Wort, »das kann ich nicht.«

Holly, die weiß, dass diese Schwangerschaft an Magie grenzt, legt ihre Hand auf meine und drückt sie sanft.

»Findet ihr, dass ich da zu egoistisch denke?« Holly und Melissa sehen mich an und ich fahre fort. »Calvin gegenüber. Während ich über Leben oder nicht entscheide, bleibt ihm nur die Rolle des teilnahmslosen Wartenden.«

»Aber du sagtest doch, er will dich unterstützen«, wirft Holly ein und ich zucke die Achseln.

»Ja, aber was soll er auch sonst sagen?«

Melissa lacht laut auf und greift nach ihrem Glas. »Also da würde ich mir keine Gedanken machen. Allein im Kindergarten meiner Kleinen gibt es vier Alleinerziehende, bei denen der Mann keine Scheu hatte, etwas anderes zu sagen. Er könnte auch einfach sagen ›Mache, was du willst, aber halt mich da raus‹. Schließlich ist ein Kind schon eine enorme Veränderung, wenn nicht sogar die größte, die einem widerfahren kann.«

Gänsehaut überkommt mich und ich erschauere reflexartig. Enorme Veränderungen ... und gerade die sind es, vor denen ich die meiste Angst habe.

»Ich glaube auch, dass du Vertrauen in Calvin haben solltest. Wenn er sagt, dass er dir beisteht, dann nimm das auch an«, steuert Holly bei und ich nicke, sage aber nichts.

»Was macht er eigentlich beruflich?«, will Melissa wissen und stellt ihr Glas wieder ab.

Nachdenklich zeichne ich mit den Fingerspitzen das Muster auf der Tischplatte nach. »Keine Ahnung.«

»Hoffentlich ist er nicht das schwarze Schaf der Familie.« Melissa sieht so schockiert aus, dass ich lospruste. »Lach nicht. Vielleicht ist sein Bruder der erfolgreiche Arzt und ganzer Stolz der Eltern und Calvin derjenige, der noch zu Hause über der Garage wohnt.«

»Von diesen Garagenbelagerern habe ich auch schon gehört«, sinniert Holly und grinst mich zwinkernd an.

»Das sind doch die, die ihre Schlüpfer drei Tage tragen und sie dann noch einmal umdrehen, oder?«, werfe ich prustend ein und verstumme augenblicklich. »Oh Gott, wie sah noch gleich seine Unterwäsche aus? War die sauber? Ich weiß es nicht mehr.« Melissa lacht und schlägt mir gegen den Oberarm. Vielleicht ist es doch gar nicht so übel, dass sie heute hier ist. Sie legt mir den Zettel hin, den sie vorhin so energisch in ihrer Tasche suchte, und tippt zweimal mit dem Finger darauf.

Irritiert falte ich ihn auf und runzle die Stirn. Schwangerengymnastik. Massage für Schwangere. Geburtsvorbereitung.

»Das sind alles Kurse, die du unbedingt machen solltest. Nichts ist so schön wie die erste Schwangerschaft«, erklärt Melissa und nickt zur Unterstützung ihrer Worte.

»Wieso die erste, sind alle anderen dann weniger schön?« Holly nippt erneut an ihrem Cocktail.

»Natürlich nicht. Aber bei den nächsten Schwangerschaften hat man bereits ein Kind und dementsprechend genug anderes um die Ohren, als sich ausschließlich auf die Schwangerschaft zu fokussieren.«

»Beim Geburtsvorbereitungskurs lernt man doch dieses Hecheln, oder?« Holly lacht und stößt mir gegen den Arm. »Darf ich bitte bei der Geburt dabei sein? Ich will dich hecheln hören.«

»Wenn du jemanden hecheln hören willst, besorge dir einen Hund. Ich mache das ganz sicher nicht«, erkläre ich und Melissa sieht mich höhnisch an.

»Oh doch, das wirst du. Glaub mir. Ab einem gewissen Punkt ist dir alles egal, Hauptsache, der Schmerz lässt nach.« So trocken, wie sie das sagt, fällt mir das Grinsen aus dem Gesicht. Jetzt hätte ich noch lieber einen Cocktail als ohnehin schon.

»Aber bis du so weit bist, ist es ja noch etwas hin«, mildert sie ihre Aussage ab, was jedoch nicht funktioniert. Bisher bin ich die gnadenlose Verkaufsleiterin bei *Nexus Design*, habe die Verantwortung für fünfzehn Filialen und trage Kleidergröße achtunddreißig – na gut vielleicht auch vierzig – und ab sofort soll ich nur noch die Schwangere sein? Die Schwangere, die zur Fußmassage geht, hechelnd und um Gnade winselnd in den Wehen liegt? Toll!

»Kommen wir nun zu den interessanteren Dingen«, unterbricht Melissa meine Gedanken. »Wie war der Sex mit Calvin?«

»Wie bitte?« Erschrocken sehe ich von ihr zu Holly, die sich genüsslich eine Salzstange zwischen die Lippen schiebt.

»Ich bin nicht nur Mutter, sondern auch schon seit fünfzehn Jahren verheiratet. Da hört man gerne mal wilde Sexgeschichten von anderen.«

Holly lacht und ich glotze blöd. »Verdammt du hast recht!«

»Habe ich?«, wiederholt sie und rückt so auf dem Stuhl herum, dass sie mir zugewendet ist.

»Ich habe so schon kaum Zeit oder Gelegenheit, jemanden kennenzulernen. Wenn ich erst mal Mutter bin, Alleinerziehende dann … oh Gott, ich werde für immer allein sein.«

»Nun mach mal halblang, das Kind wird ja auch älter. So mit fünfzig kannst du dann wieder auf Hengstschau gehen«, erklärt sie bitterernst und ich erstarre.

»Mit fünfzig?«

»Daher ja meine Frage, wie Calvin im Bett war. Wenn du Glück hast, ist er genauso am Arsch wie du …«

»Und vögelt mich dann aus lauter Verzweiflung ab und an mal, oder was?«

»So in etwa.«

Ich lache und greife nach meinem Latte. »Definitiv.«

Melissa sagt nichts und zwinkert mir nur verschwörerisch zu, was beinahe beängstigender ist als irgendein blöder Spruch. Sie ist irgendwie schräg, aber genau deswegen passt sie zu uns und sie weiß in den nächsten Monaten, ach was Jahren, was alles auf mich zukommt. Es kann nie schaden, so jemanden um sich zu haben.

»Wie seid ihr verblieben? Wollt ihr euch in regelmäßigen Abständen treffen oder wie soll es ablaufen?«, erkundigt Holly sich und ich löffle den restlichen Milchschaum aus dem Glas.

»Wir wollen das beide erst einmal sacken lassen und uns dann treffen. Wir haben Nummern ausgetauscht.«

»Nicht nur Nummer, wie wir wissen«, mischt Melissa sich ein und haut sich gackernd über ihren eigenen Witz aufs Bein. Holly und ich tauschen verstörte Blicke. So werde ich also?

»Hey«, sie greift nach meiner Hand, was in der ersten Sekunde befremdlich ist, sich dann aber auf merkwürdige Art beruhigend anfühlt. »Auch wenn es dir zurzeit vielleicht so vorkommt, ist das nicht das Ende der Welt, Amy. Ganz und gar nicht. Es wird sich alles fügen und auch wenn ich deine Zukunftsängste vollkommen verstehe, wird es das Beste sein, was du je erleben wirst. Was ihr je erleben werdet.«

Tränen steigen in meine Augen, die ich ärgerlich zurückdränge. Diese Weinerlichkeit nervt mich heute schon. Dankbar lächle ich Melissa an. Ich mag Menschen, die einen fragilen Samen Optimismus in einem säen.

»Oder aber, es endet doch alles in einer Katastrophe. Aber dann werden Holly und ich für dich da sein«, fährt sie unbeirrt fort und mein Lächeln versteinert sich wie festgetackert. Damit hat sie das soeben gesäte Pflänzchen Hoffnung noch vor seiner Entstehung niedergewalzt.

Calvin

12. Woche

»Was machst du denn hier?« Eilig sieht Amy sich um, ob eine ihrer Kolleginnen in der Abteilung ist, doch hier ist niemand außer uns.

»Freundliche Beratung, das muss ich anerkennen. Schuhe kaufen«, kontere ich und ihr Blick fällt auf das Paar in meiner Hand, ehe sie das Shirt, meine löchrige Jeans und die schweren Boots mustert. »Ich brauche welche, die ich bei Kundengesprächen tragen kann«, beantworte ich ihre unausgesprochene Frage.

»Ach so? Wie oft kommt das vor?« Sie nimmt mir das Paar aus der Hand und stellt es auf das Regal, von dem ich es genommen habe. Dabei nehme ich einen leichten Hauch ihres fruchtigen Parfüms wahr und atme tiefer ein als nötig.

Ich zucke mit den Schultern. »Dreimal die Woche, manchmal auch öfter.«

Amy runzelt die Stirn, sieht mich abschätzend an und dreht sich erneut zum Regal herum. »Braune oder lieber Schwarz?«

»Braun.«

Zielstrebig reckt sie sich nach einem Paar von *Dolce & Gabbana* im obersten Regal, wobei ein Streifen Haut zwischen ihrer Bluse und dem Rock hervorblitzt. Ich schürze die Lippen und lege den Kopf schräg – ihr Hintern ist genauso kurvig, wie ich ihn in Erinnerung habe. Schnell wegsehen, bevor sich noch andere Körperteile diesen Prachtarsch ins Gedächtnis rufen.

»Wie findest du diese? Das Modell verkaufen wir mit Abstand am meisten, allerdings ist es mit fast 700 Pfund auch eins der teuersten unseres Ladens.«

»Hallo, kann ich Ihnen helfen?«, spricht mich eine Mitarbeiterin an und ich drehe mich zu ihr herum. Sie zupft nervös an ihrem Pulloverärmel und sieht hektisch zwischen Amy und mir hin und her. »Miss Collins ist keine Verkäuferin«, verkündet sie mit Blick zu Amy, in deren Richtung es eher wie eine Entschuldigung, als wie eine Erklärung klingt.

»Kein Problem, Elisabeth. Ich übernehme das hier«, erklärt Amy lächelnd, was diese Elisabeth aber nicht zu überzeugen scheint. Sie schaut sich noch einmal um und zieht sich dann zurück.

Ich blicke ihr nach, bis sie nicht mehr zu sehen ist, nehme Amy die Schuhe ab und schlendere zu einem der Sessel, um sie anzuprobieren.

Kurz herrscht Stille. Ob ich sie fragen sollte, wie es ihr geht?

»Bist du eigentlich öfter hier?«, reißt sie mich aus den Gedanken. »Ich wüsste nicht, dass ich dich schon einmal hier gesehen habe.«

»Du kannst dir doch wohl auch kaum jedes einzelne Treffen mit einem Kunden merken, den du hier einmal gesehen hast.«

»Touché.« Aus dem Augenwinkel erkenne ich, dass sie ihre Schenkel zusammenpresst, nur leicht, aber doch wahrnehmbar. Sieh an, sieh an, eines unserer Treffen hat sie sich offenbar gemerkt, auch wenn es sicher nicht in diesem Laden war.

»Du hast mir erzählt, dass du hier arbeitest«, beantworte ich ihre Frage.

»Habe ich das?«

»Und ich«, ich lasse den Satz in der Luft hängen, stehe auf und stelle mich vor einen Spiegel, um die Schuhe zu begutachten, »war schon zweimal hier, habe dich aber nicht angetroffen.«

Amy starrt schweigend auf meine Füße, um mich ja nicht anzusehen, beinahe muss ich schon wieder grinsen.

»Und was meinst du?«, bitte ich um ihren fachlichen Rat.

»Sie passen zu dir, zumindest wenn du eine Hose mit weniger Löchern tragen würdest«, kommentiert sie und überbrückt die Distanz zwischen uns. Vor mir geht sie in die Hocke, um die Seiten und die Spitze des Schuhs zu erfühlen. »Sie sitzen perfekt«, stellt sie fest, schaut zu mir hoch und unsere Blicke treffen sich. Ein Bild schießt mir durch den Kopf und sämtliche Härchen auf meinem Rücken richten sich auf. Genauso hat sie schon einmal vor mir gehockt. Ihre Lippen öffnen sich leicht und ich betrachte den Ausschnitt ihrer Bluse, in den ich in dieser Position beste Aussicht habe.

»Miss Collins«, ertönt es aus einem anderen Abteil des Geschäfts und der Moment ist vorbei. Amy richtet sich räuspernd auf und streicht ihren schwarzen Rock glatt.

»Ich bin sofort da«, ruft sie zurück und sieht zu mir. Diesen Blick kenne ich, ich habe ihn schon einmal gesehen. Damals im *Lamour*, in der Sekunde, als klar war, dass wir den Laden gemeinsam verlassen werden.

»Wann hast du Pause?«, frage ich spontan und sie runzelt die Stirn.

»Pause? Ich mache keine Pausen, nie. Zudem habe ich vor kaum einer Stunde den Laden betreten, da kann ich doch nicht …«

»Wir holen uns einen Kaffee im *Pies* und gehen eine Runde durch den *Hyde Park*«, unterbreche ich sie und obwohl sie mit sich selbst zu ringen scheint, nickt sie.

Während ihre Mitarbeiterin von vorhin die Schuhe abkassiert, holt Amy ihre Tasche und tritt an dem Verkaufstresen neben mich.

»Ich kann es immer noch nicht glauben, ich werde eine Pause machen.« Auch ihre Kolleginnen wirken leicht perplex und wechseln eigentümliche Blicke untereinander, als sie es ausspricht.

Schon als wir aus dem Laden treten, kann ich die grüne Fensterfront des *Pies* erkennen, die aus den tristen Farben der anderen Bauwerke heraussticht.

»Zum Glück ist die Filiale nur fünf Minuten Fußweg vom *Hyde Park* entfernt, so müssen wir nicht allzu weit laufen.«

Ich sehe sie an und lache. »Wir sind noch nicht einmal losgegangen und du lässt mich schon wissen, wie wenig Lust du auf einen Spaziergang mit mir hast. Wirklich sehr reizend.«

»Oh nein, so meine ich das nicht.« Sie schüttelt den Kopf. »Mein Chef verlangt, dass wir bei der Arbeit Kleidung tragen, die unser Unternehmen vertreibt. Leider haben da aber auch alle Schuhe einen Absatz von mindestens acht Zentimetern.«

»Ah ja, das verstehe ich.«

»Wenn meine Mum das wüsste, würde sie sofort all ihre Aktivistinnen-Freundinnen zusammentrommeln und mit Plakaten, größer als sie selbst, gegen die frauenverachtenden Arbeitsbedingungen demonstrieren.«

»Aktivistinnen-Freundinnen?«, wiederhole ich und halte ihr die Tür ins *Pies* auf. Sofort als wir die einzelne Stufe überwinden, schlägt mir der Geruch von ...

»Oh Gott, Toffee Pudding«, beendet Amy meine Gedanken und stürmt zwischen den seitlich stehenden Bänken und Tischen auf den Bestelltresen zu.

»Hast du Hunger?«, frage ich und wir reihen uns in die Schlange der anderen Gäste ein. Dabei komme ich ihrem Rücken so nah, dass sie meinen Atem im Nacken spüren müsste, und nur die Möglichkeit lässt meine Kopfhaut prickeln. Wie gerne würde ich meinen Arm um sie legen und sie weiter an mich heranziehen. Stattdessen inspiziere ich die Auslage und schaue dann zur Tafel an der gegenüberliegenden Wand, auf dem das Angebot aufgeführt ist.

»Das riecht so gut und die Scones dort.« Sie legt sich eine Hand auf den Bauch und schüttelt den Kopf. »Aber ich nehme lieber nur einen Latte macchiato.«

Ich beuge mich zu ihr herunter und berühre mit der Nasenspitze ihre Ohrmuschel. Gänsehaut breitet sich auf ihrem Hals aus und ich glaube, dass sie die Luft anhält.

»Du verzichtest aber nicht auf die gut riechenden Scones, weil du Angst hast, dass dein Bauch runder wird, oder?«

Sie dreht sich leicht zu mir herum und lächelt, ein Lächeln, das ich noch nicht kenne. »Nein. Ich verzichte auf das Essen, damit ich mich während unseres Spaziergangs nicht oral wieder entleere.«

Oh!

Die Bedienung lächelt über den Tresen und ich gebe unsere Bestellung auf. Fünf Minuten später spazieren wir auf der Suche nach einem Eingang am Zaun des Parks entlang.

»Immer wenn ich hier entlanglaufe, was nicht oft passiert, bewundere ich die Reihenhäuser aus rotem Klinker«, unterbricht Amy die Stille und deutet auf die andere Straßenseite. »Obwohl es zum Teil schon übertrieben ist, finde ich die Stuckverzierungen an den Fenstern und Türen wunderschön.«

»Du magst es also kitschig«, stelle ich fest und sie zuckt grinsend mit der Schulter.

»Manchmal.« Sie reißt ihre Aufmerksamkeit von den Häusern weg und schaut mich an. »Also, was machst du beruflich?«

Ich nippe am Kaffee und schaue über den Zaun in den Park. »Ist das so wichtig?«

Irritiert sieht sie mich an und schiebt die rutschenden Henkel ihrer Handtasche wieder auf die Schulter. »Ich weiß nicht, ob es wichtig ist. Aber wahrscheinlich ist es die meist gestellte Frage bei einem Kennenlernen.«

Ich nicke und möchte gerade antworten, als sie auf den Eingang zum Park zeigt. Sie sieht mich abwartend an, während ich eine Bewegung im Augenwinkel wahrnehme und einen Schritt auf sie zumache. Sie ist jetzt zwischen dem Zaun und mir eingekeilt, wobei wir uns so nah sind, dass ich die Wärme ihres Körpers spüre. Wird sie etwa rot? Sie fegt sich einen imaginären Fussel von der Nase und eine Haarsträhne hinters Ohr. Erst jetzt entdeckt sie den Jogger und blinzelt ungläubig.

»Ach so«, entkommt es ihr und ich muss grinsen. Vermutlich dachte sie, das ist eine Anmache und nicht, dass ich einfach den Weg freimache. Schmunzelnd beißt sie sich auf die Lippen, um nicht in Gelächter auszubrechen. Sie kann also über sich selbst lachen, gibt es überhaupt einen schöneren Charakterzug?

»Wegen der meist gestellten Frage beim Kennenlernen gebe ich dir recht«, komme ich auf ihr Thema zurück, als der Jogger an uns vorbeigelaufen ist. »Aber versucht man über den Beruf eines anderen nicht nur, ihn, wenn auch unbewusst, in eine Schublade zu stecken? Du bist Verkaufsleiterin einer exklusiven Modekette, das lässt darauf schließen, dass du dich gut selbst versorgen kannst. Ich kann daraus vielleicht noch schlussfolgern, dass du zielstrebig bist und dass das bei deiner Ausbildung sicher geholfen hat. Aber so etwas Persönliches, wie zum Beispiel ob du lieber Scones oder Pancakes isst, oder was das Verrückteste war, das du je erlebt hast, kann ich darüber nicht rausfinden.«

»Wenn ich wählen müsste, nehme ich die Scones«, erwidert sie ernst und fügt hinzu: »Am liebsten mit Nutella.«

Gute Wahl. »Wieso hat es so einen hohen Stellenwert? Wenn man sich sympathisch ist und gerne weiter kennenlernen möchte? Ist es da wirklich von Bedeutung, ob ich CEO einer erfolgreichen Firma bin oder mein Geld bei der Straßenreinigung verdiene?«

Nickend nippt sie an ihrem Latte und mustert den Betonweg. »Darüber habe ich noch nie nachgedacht, aber ja ... du hast natürlich recht. Das sollte keine Rolle spielen.«

»Ich arbeite im Bereich Produktdesign und«, ich mache eine theatralische Pause, »ich mag Scones mit Nutella ebenfalls.« Ich wackle mit den Augenbrauen und Amy lacht laut auf. Es ist ein schönes Lachen. Nicht dieses gestellte, von dem Frauen denken, dass Männer es gerne hören würden, sondern echt.

»Okay, also keine beruflichen Fragen zum Kennenlernen. Lass mich kurz überlegen.« Sie legt sich einen Finger an die Lippen und denkt konzentriert nach.

»Sieht anstrengend aus, sich ganz spontan irgendeine Frage aus den Fingern zu saugen«, spotte ich und sie rempelt mir den Ellenbogen in die Seite, woraufhin ich gespielt aufstöhne und mich krümme.

Ich trinke noch einen großen Schluck.

»Wie soll dein Leben in zehn Jahren aussehen?«, fragt sie unerwartet.

Prustend presse ich mir eine Hand auf den Mund, um den Kaffee nicht sofort wieder auszuspucken. Ich schlucke eilig und huste mitleiderregend. Instinktiv klopft sie mir auf den Rücken oder drischt vielmehr auf mich ein.

»Geht es?«

Ich huste ein letztes Mal, räuspere mich und schlage mir auf den Brustkorb. »Lass mich raten, du machst auch die Bewerbungsgespräche bei *Nexus Design*?«

Amys Wangen werden rot und sie kratzt sich an der Nasenspitze. »Wieso?«

»Das ist so eine typische Frage beim Bewerbungsgespräch.«

»Pah«, kontert sie und geht weiter. »Sei gefälligst zufrieden, ich habe mich bemüht.«

Lachend laufe ich ein paar Schritte, um wieder neben ihr zu gehen. »Na schön, also in zehn Jahren … da werde in einem der Reihenhäuser da hinten wohnen«, ich zeige in die Richtung der stuckverzierten Häuser, an denen wir vorhin entlanggelaufen sind. »Wünschenswert wäre, wenn ich bis dahin eine Frau gefunden habe, die meine Macken erträgt und selbst auch ein paar hat. Ein Hund wäre toll und wer weiß, vielleicht noch ein Kind … also ein weiteres und um dein Lieblingsthema mit aufzugreifen, hoffe ich natürlich, meine beruflichen Ziele erreicht zu haben.«

Kurz glaube ich, Enttäuschung in ihrem Blick zu erkennen, möglicherweise ist es aber auch nur meine eigene. Diese Zukunft wäre toll und doch ist es eben jene Bilderbuchvorstellung, die sich nun womöglich nicht mehr erfüllen lässt oder zumindest schwieriger.

»Eine hübsche Vorstellung«, flüstert sie und wendet ihren Blick geradeaus. »Und deine Ehefrau, wird sie trotz eurer Kinder arbeiten?« Sie zuckt leicht zusammen, vielleicht täusche ich mich aber auch.

Was ist das denn für eine merkwürdige Frage? »Wenn sie das möchte, natürlich.«

Amy zieht die Augenbrauen hoch, als würde sie abschätzen, ob sie meine Antwort ernst nehmen kann. »Es gibt Stimmen, die behaupten, das wäre nicht gut für Kinder«, erklärt sie nüchtern und ich schüttle vehement den Kopf.

»Meine Eltern haben beide gearbeitet. Meinem Bruder und mir hat es nicht geschadet.«

»Gott sei Dank.« Ich sehe sie irritiert an und sie wedelt wild gestikulierend mit der Hand durch die Luft. »Ich hatte schon Angst, du hältst mir einen irrsinnig langen Monolog darüber, dass Kinder eine Mutter brauchen, die Tag und Nacht abrufbar ist, und Kinder, deren Eltern beide arbeiten, irgendwelche sozialen Probleme entwickeln. Daraufhin hätte ich dir dann leider den Absatz meiner inzwischen verdammt unbequemen Schuhe ans Schienbein rammen und gehen müssen. Es wäre schade gewesen, aber unumgänglich.«

Lachend werfe ich den Kopf in den Nacken. »Das klingt ziemlich …«

»Geistesgestört, oder? Hilfe, ich werde wie meine Mutter«, jammert sie und zieht einen Schmollmund, wobei sie so atemberaubend aussieht, dass ich sie am liebsten …

»Was soll schon aus einem Mädchen werden, das noch in

den Windeln steckend auf ihrer ersten Demo für Frauenrechte war?«

Ich bin nicht sicher, ob sie das wirklich belastet oder sie sich einen Scherz erlaubt. »Hast du noch Geschwister, mit denen du diese Bürde teilen konntest?«

Sie schmunzelt und schüttelt den Kopf. »Nein. Ich hätte gerne welche gehabt, zumindest als ich kleiner war. Aber irgendwie hat es sich wohl nie ergeben.«

»Und was war nun das Verrückteste, das du je erlebt hast?«, wiederhole ich die Worte von vorhin, woraufhin sie ruckartig stehen bleibt und mich ansieht.

»Das Verrückteste, was ich je erlebt habe«, murmelt sie und sieht stirnrunzelnd auf meine Brust. »Habe ich schon jemals etwas Verrücktes gemacht? Ich weiß es nicht. Wobei ... Mich bei einem One-Night-Stand schwängern lassen, ist schon ziemlich verrückt.« Sie grinst schief und ich mache einen Schritt auf sie zu, bis uns nur noch wenige Zentimeter trennen.

Mein Blick pendelt zwischen ihren leuchtend grünen Augen und diesen vollen Lippen, die sich einladend öffnen. Irgendwo nehme ich ein lautes Rauschen wahr, vermutlich das Blut in meinen Ohren. Amy lehnt sich mir leicht entgegen und jede Faser ihres Körpers scheint zu bitten: küss mich.

Amy

»Seit du an dem Morgen aus dem Café gestürzt bist, habe ich mich einige Male gefragt, ob wir je wieder so zusammenstehen werden«, flüstert er und seine Stimme klingt jetzt ganz anders – rau. Ich stelle mich auf die Zehenspitzen, um ihm noch näher zu sein, und er kommt mir entgegen, als das Rauschen, das ich gerade schon meinte zu hören, lauter wird – sehr viel lauter. Calvin sieht über mich hinweg Richtung Baumkronen und packt übergangslos meine Hand. »Lauf!«

Ich drehe mich herum – Shit. Eine Regenwand, so grau wie Granit, kommt auf uns zugerollt und ich lasse mich von Calvin mitreißen. Mist, so kann ich nicht rennen.

»Halt den mal!«, rufe ich über das immer lauter werdende Toben hinweg und reiche ihm meinen Kaffeebecher. Während des Laufens ziehe ich hüpfenderweise erst einen, dann den anderen Schuh aus und quieke auf. »Au, ein Stein! Aua! Mist Verdammter!«

Calvin lacht, was mich dummerweise selbst zum Kichern bringt, und ich haue ihm mit einem Schuh an die Schulter. Gleich sind wir an der Stelle, an der wir den Park vorhin betreten haben. Er dreht sich herum, um zu prüfen, wie weit der Regen noch von uns entfernt ist, doch ich spüre bereits den ersten Tropfen auf der Nase. Eilig wirft er die Becher in einen Mülleimer und greift wieder nach meiner Hand. Wir laufen, so rasch es meine nackten Füße zulassen, aber der Platzregen ist schneller. Als würde innerhalb von Millisekunden eine Badewanne über uns ausgekippt.

Es hat keinen Sinn und so bleiben wir einfach stehen und ergeben uns. Calvin versucht, mich so gut wie möglich abzuschirmen, sodass er das meiste abbekommt, was aber kaum gelingt. Sein Blick fällt auf mein Dekolleté und ich reiße panisch die Augen auf. Scheiße! Hilflos zupfe ich an dem klatschnassen Stoff der weißen Bluse, die inzwischen mehr zeigt, als verhüllt. Na toll, das bringt so ziemlich gar nichts. Um mich zu bedecken und auch um mich zu wärmen, dränge ich mich näher an Calvin. Mein Atem geht schwer, von dem kurzen Sprint und bei jedem Atemzug berührt meine Brust seinen Oberkörper. Wassertropfen hängen in seinen langen Wimpern, die sich bei jedem Blinzeln auflösen. Unwillkürlich kralle ich mich in den durchnässten Stoff seines Shirts und unsere Blicke treffen sich. Es ist dieser Zustand, der sich mit nichts beschreiben lässt. Dieser Moment, in dem keine Worte mehr nötig sind und sich nur noch die Augen unterhalten.

Abrupt zucken wir erschrocken zusammen. Ein Donnern gefolgt von einem Knall katapultiert uns in den

Park zurück. Calvin zieht sich die Schuhe aus und hält sie mir demonstrativ entgegen.

»Wenn dann leiden wir beide unter blutenden Fußsohlen.« Lachend werfe ich meinen Kopf in den Nacken und wir laufen los. Beim Ausgang des Parks will ich nach rechts, doch Calvin steuert auf den Boulevard zu, wartet kurz, bis die Kolonne an Autos vorbeigezogen ist, und zieht mich auf die zweispurige Straße.

»Wo willst du hin?«, rufe ich über das Prasseln des Regens und den Verkehrslärm hinweg, doch statt einer Antwort bugsiert er mich die Stufen von einem der Reihenhäuser hoch. Irritiert sehe ich ihn an, schaue hinüber auf den gegenüberliegenden Gehweg, den wir vorhin entlanggegangen sind, und hinauf zu den Stuckverzierungen des Hauseingangs. Zeitgleich zieht Calvin einen Schlüssel aus der Jeans, sperrt die Tür auf und schiebt mich in das Gebäude.

Stirnrunzelnd schüttele ich meine Schuhe in der Hand ab, als würde das noch irgendwas am Grad unseres Tropfens ändern, und betrete den Korridor. »Sag nicht, du wohnst hier?«

»Nein, natürlich nicht. Ich habe von allen Häusern in London Schlüssel. Du nicht?«

Ohne auf seinen Sarkasmus einzugehen, starre ich mit offen stehendem Mund an die hohe mit Stuck verzierte Decke – wow.

»Warum hast du denn vorhin nichts gesagt, als ich dir davon erzählte?«

»Du hast nicht gefragt.« Ich lege den Kopf schräg und verziehe den Mund. »Ich war mir sicher, dass du es schon noch irgendwann erfährst.«

»Das ist wunderschön.« Ich schaue nach links, wo sich zwei extrem hohe Türen befinden. Rechts von mir ist eine weitere, die offen steht, augenscheinlich ein Büro und eine Treppe, die ins Obergeschoss führt. Kurzerhand steuere ich geradeaus auf die dritte und letzte Tür zu. Beinahe ehrfürchtig streife ich dabei mit den feuchten Fingerspitzen an der halb hohen Holzvertäfelung der Wand entlang und drehe mich zu Calvin herum, als ich meine Hand auf den Türgriff lege. »Darf ich?«

Er grinst und signalisiert, dass ich hineingehen soll. »Sicher.«

Ich drücke gegen die Tür, die sich in den dahinterliegenden Raum öffnet, und bewundere, wie weit sie in die Höhe ragt, ehe ich einen Blick in das Zimmer werfen kann. Ich sehe über die Schulter zu Calvin, der die Hände in die Hosentaschen geschoben hat und auf den

Hacken wippt, als sei ihm meine Begeisterung unangenehm.

»Calvin, das ist ...« Vier Meter vor mir ist eine Terrassentür und rechts daneben beginnt die reinweiße Küchenzeile, die sich wie ein L über die gesamte Ecke des Raumes zieht.

»Ich bin gleich wieder da«, kommt es von Calvin und ich trete nickend vor. Sprachlos halte ich mich an einem der vier Stühle fest, die vor dem Mittelpunkt des Raumes stehen, einem Küchenblock. Beinahe wirkt die Küche zu modern und steril für ein solches Haus, was aber durch Details wie die Industrielampen über dem Block und dem dunklen Holzfußboden wieder aufgehoben wird.

Bedeutet das ...? Ich lasse die Stuhllehne los, als hätte ich mich daran verbrannt – Shit. Augenblicklich überkommt mich die inzwischen so bekannte Übelkeit und ich atme tief ein, um sie zu unterdrücken. Ich will keine Vorurteile haben, aber ... welcher alleinstehende Mann hat denn bitte so eine Küche? Ich weiß, dass der Gedanke bescheuert ist, warum sollen nicht auch Männer einen exquisiten Einrichtungsgeschmack haben, doch gehört Calvin zu dieser Sorte?

»Alles in Ordnung?« Er berührt mich am Oberarm und ich zucke erschrocken zusammen. Ich habe gar nicht mitbekommen, dass er wiedergekommen ist.

Ich mustere die Handtücher in seiner Hand. Wie könnte er in einer Beziehung sein, wenn er doch vor Wochen mit mir, in dem Hotel ... Selten blöder Gedanke, ich muss fast lachen. Wie viele Menschen pfeifen auf Treue, da wäre er nun wirklich nicht der Erste. Aber das vorhin im Park, er wollte mich küssen und hat mich dann mit hierher genommen. Ich reiße die Augen auf und wende den Blick schnell von ihm ab. Vielleicht ist er ja auch einer von denen, die sich außerhalb ihrer Partnerschaft ein williges Opfer suchen, um sie anschließend nach Hause zu bringen und mit seiner Frau gemeinsam ... Oh nein, das habe ich mal in einem Film gesehen, nur, dass die drei dann keinen Spaß zusammen hatten, sondern sie haben die Frau ... Ich sollte gehen. Oder aber ich frage ihn einfach.

»Amy? Ist alles in Ordnung?«

Zitternd, ob nur von der nassen Kleidung weiß ich nicht, wende ich mich Calvin zu. Ich öffne den Mund, schließe ihn sofort wieder und frage dann doch. »Sag mal, Calvin, bist du in einer Beziehung?«

»Wie bitte?« Er nimmt den Kopf zurück und blinzelt ein paar Mal, als hätte er mich nicht verstanden.

»Ich habe gefragt, ob du in einer Beziehung bist?« Mit den Worten mache ich eine den Raum umfassende Geste.

»Wieso hätte ich dich dann mit hierhernehmen sollen?«

Wortlos hebe ich eine Augenbraue. Da haben wir also schon die erste Eigenschaft, die mir nicht gefällt. Auf Fragen mit einer Gegenfrage reagieren.

»Da im Park wollte ich dich ... du besinnst dich?«

Ich spüre, wie meine Wangen warm werden und es in meinem Bauch wohlig kribbelt, dennoch recke ich das Kinn vor. Jetzt nur nicht bezirzen lassen. »Bitte, als würde so etwas nicht ständig passieren. Treue wird nicht bei jedem großgeschrieben.«

»Bei mir schon«, gibt er bestimmt zurück und drückt mir ein Handtuch in die Hand. Instinktiv muss ich über seine Antwort grinsen, als würde das irgendeine Bedeutung haben. »Also nein, ich bin in keiner Beziehung und habe auch nicht vor, das alsbald zu ändern.«

Oh! Sofort erstirbt mein Grienen, obwohl selbst diese Aussage zurzeit keine Bedeutung haben dürfte. Unsere Priorität sollte ohnehin nur die sein, dass wir uns irgendwie miteinander arrangieren, oder besser noch, uns nicht nur gezwungenermaßen zusammentun, sondern es auch gerne machen. Ich rubble mir die Haare trocken. »Das ist wirkliche eine atemberaubende Küche.«

»Ja ähm, möchtest du, also ...« Ich drehe mich zu ihm und er hält mir ein weiteres Handtuch entgegen, nein, es ist ein Bademantel. »Ich könnte deine nassen Sachen in den

Trockner stecken, habe aber nichts anderes als den hier, was ich dir zum Anziehen anbieten könnte.«

Wortlos starre ich auf das Frotteeknäuel und schaue aus dem großen Fenster hinaus in den kleinen Garten, der dahinter liegt. Der Regen hat nachgelassen. Ich könnte zurück in die Firma und mich dort umziehen oder schnell nach Hause fahren. Erschrocken ziehe ich das Telefon aus der Handtasche: »Shit, ich muss wieder zur Arbeit.« Andererseits, ich kann nicht einmal sagen, wann ich zuletzt einen freien Tag hatte. Na gut, bis auf den, an dem ich das mit der Schwangerschaft erfuhr. Aber könnte sich eine bessere Möglichkeit bieten als diese, damit Calvin und ich uns kennenlernen? Sollte das nicht Vorrang vor allem anderen haben, selbst vor meinem Job? Na bravo, kaum schwanger und schon ständig von der Arbeit abwesend. Mein Chef wird sich in jedem seiner Vorurteile, die er über Frauen in Führungspositionen hat, bestätigt sehen.

Kurzerhand nehme ich Calvin den Bademantel ab. Er lächelt ganz offensichtlich erfreut und ich lächle zurück. Einfach, weil er nicht versucht, seine Freude darüber, dass ich bleibe, zu verstecken. Ich rufe kurz in der Filiale an und flunkere, dass ich mich nicht wohlfühlen würde. Spätestens wenn sie meinen Wagen auf dem Parkdeck sehen, werden sie sich ihren Teil denken. Bei dem Gedanken zieht es in meinem Magen und ich kaue auf der Lippe. Soll ich nicht doch lieber zurück? Ich schaue auf den Bademantel in meiner Hand und glaube, Calvins Blick auf mir zu spüren, ehe ich ihn frage, wo das Bad ist.

Er hantiert bereits mit Teebeuteln und dem Wasserkocher, sodass er nur in Richtung Korridor zeigt.

»Von hier aus neben der Eingangstür rechts.«

Ich öffne die erste der beiden Türen und mache erneut große Augen – das Wohnzimmer. So lange ich diese Häuser von außen kenne, habe ich mir immer vorgestellt, wie es in ihrem Inneren aussehen muss, doch dabei kam meine Fantasie nicht im Entferntesten an die Realität heran. Beiläufig überprüfe ich, ob noch Regenwasser von meiner Kleidung tropft, ehe ich das rustikale Stäbchenparkett betrete, dessen helles Braun im völligen Kontrast zu der dunklen mit einer breiten Stuckleiste umrahmten Zimmerdecke steht. Links erhellen zwei Fenster, die der Grundfläche meines Schlafzimmers ähneln, den riesigen Raum und geradeaus, neben einer gläsernen Tür, ist ein in die Wand verbauter Kamin.

Obwohl die moderne graue Sofalandschaft im völligen Gegensatz zu dieser Antike steht, fügt sie sich ins Gesamtbild, als wäre sie für diesen Raum geschaffen. Ich sehe über die Schulter, höre Calvin noch immer hantieren und hüpfe auf Zehenspitzen zu der Tür neben dem Kamin, das Esszimmer. Rechts neben dem Tisch erkenne ich eine weitere Tür, die, wenn ich richtig liege, in die Küche führen müsste.

»Das ist aber nicht das Bad«, bemerkt Calvin und ich drehe mich erschrocken herum.

»Tut mir leid, ich habe mich in der Tür geirrt.« Und anstatt sie wieder zu schließen, bin ich einfach hier hereingegangen und habe herumgeschnüffelt. Er lächelt nur und stellt ein Tablett mit Teekanne und Tassen auf den Wohnzimmertisch. Stillschweigend flitze ich an ihm vorbei ins Bad, das bis auf die hohe Zimmerdecke nichts von dem Altertümlichen der anderen Räume hat. Umgehend knöpfe ich die klatschnasse Bluse auf. Soll ich die Unterwäsche auch ausziehen? Ich knabbere an meiner Lippe. Irgendwie ist es doch schräg, wenn ich Calvin mein Höschen zum Trocknen gebe, oder? Wobei, wo ist eigentlich das gelandet, das ich ihm seinerzeit in die Hand gedrückt habe? Schulterzuckend streife ich den klebrigen Rock und die Unterwäsche ab, lege Höschen und BH aber zwischen die andere Kleidung, damit sie zumindest nicht obenauf liegt. Bibbernd ziehe ich den weichen Bademantel über und drücke mir den Kragen an die Nase – er riecht nach Calvin. Also dann, möge das Experiment »besser kennenlernen« beginnen.

Amy

Als ich das Wohnzimmer betrete, dreht Calvin sich zu mir herum und für den Bruchteil einer Sekunde bilde ich mir ein, dass sein Blick dunkler wird. Wahrscheinlich denkt er dasselbe wie ich, ich trage einen Bademantel und nichts darunter. Himmel. Wie von selbst zieht ein Kribbeln über meine Arme in den Bauch und in tieferliegende Regionen. Räuspernd halte ich den Stapel nasser Klamotten hoch und kneife dabei meine Schenkel zusammen. Er nimmt mir die Sachen ab und verschwindet, sodass ich kurz durchatmen kann. In Calvins Nähe zu sein, fühlt sich an wie das Wetter draußen. Als würde feuchte warme auf trockene kalte Luft treffen und sich ein Naturspektakel zusammenbrauen.

Ich muss grinsen, was für eine selten schräge Situation. Wenn mir, dem durchorganisierten Kontrollfreak, vor einem Vierteljahr jemand gesagt hätte, dass ich mal in einer solchen Konstellation hier stehen würde – unglaublich.

Im Kamin knistert ein Feuer. Der Regen hat die Temperaturen zwar deutlich abgekühlt, allerdings nicht genug, um ein Feuer zu machen. Durchgefroren wie wir sind, bin ich aber trotzdem begeistert. Obwohl der Raum bis auf die Polsterlandschaft und den Fernseher eher karg eingerichtet ist, wirkt es urgemütlich.

Ich gehe hinüber zur Couch, setze mich hin und ziehe die Beine unter den Hintern. Macht man so was beim ersten Besuch? Direkt die Füße auf das Sofa? Genau. Bei allem, was hier verkehrt läuft, denke ich über die Etikette von Gliedmaßen auf Polstermöbeln nach.

Calvin kommt zurück, setzt sich auf die andere Längsseite der Couch und schenkt uns Tee ein. Er trägt mittlerweile eine Jogginghose und lässt selbst darin einen *David Beckham* blass aussehen.

Worüber wollen wir reden? Hätte ich inzwischen eine weitere Untersuchung hinter mir, könnte ich berichten, dass die Bohne gewachsen ist. Oder dass sich bei mir irgendetwas bemerkbar macht, zum Beispiel Kindsbewegungen, dann könnte ich ihn das wissen lassen, aber so.

»Ich habe verstärkte Blähungen.« Oh Gott, habe ich das wirklich laut ausgesprochen?

Calvin blinzelt und hält den Blick starr auf die Teekanne in seiner Hand gerichtet. »Ähm, das ist … schön?«

»Okay, ich gebe zu, das ist ein blöder Auftakt für ein Gespräch, aber was genau soll daran schön sein?«

»Keine Ahnung, wie soll ich denn deiner Meinung nach auf diese Neuigkeit reagieren?« Er stellt die Kanne ab und lehnt sich in die Couch zurück. Ganz offensichtlich unterdrückt er ein Lachen, das allerdings eher wenig erfolgreich. Ich fahre mir mit den Fingern durch die nassen Haare und schüttle den Kopf. Wieder schwenkt meine Emotion von einer auf die andere Sekunde komplett um. Am liebsten möchte ich wegen der grotesken Gegebenheit heulen, aber helfen würde das auch nicht. Calvin versteht mein Schweigen offenbar falsch, rutscht etwas heran und legt seine Hand auf meinen Arm.

»Tut mir leid. Wenn du gerne über deine ... Flatulenzen reden willst, dann bitte. Ich finde das Thema toll.« Er sieht mir so ernst in die Augen, dass meine Mundwinkel zucken, und ich pruste los. Sagte ich schon, dass meine Emotionen neuerdings extrem sprunghaft sind? Keine Ahnung, warum ich lache. Wegen Calvins verwirrten Gesichtsausdruck? Weil wir hier sitzen und nicht einmal den Geburtstag des anderen kennen, aber eine Gemeinsamkeit haben, die uns immer miteinander verbinden wird? Oder einfach damit ich nicht wirklich noch anfange zu heulen? Egal, weshalb, es ist toll und ohne zu wissen, warum, stimmt Calvin mit ein.

Nach einer kleinen Ewigkeit beruhigen wir uns und ich ziehe die Teetasse auf dem Tisch an mich heran. »Nein, ich möchte eigentlich nicht über meine außergewöhnlichen Darmtätigkeiten sprechen.« Er lächelt und tut so, als würde er sich Schweiß von der Stirn wischen. »Es ist nur so, das hier, wir ... das ist so falsch.«

»Falsch?« Er hebt die Tasse an seine Lippen und pustet leicht über den Rand.

»Für gewöhnlich lernen Mann und Frau sich kennen, stellen fest, dass sie sich ganz sympathisch sind und sich näherkommen wollen. Irgendwann zeigt sich dann, ob es nur ein vorübergehendes Liebesabenteuer war oder es etwas Ernstes ist. Dann ziehen sie zusammen, besorgen sich einen Hund, heiraten vielleicht, und dann irgendwann, wenn beide denken, dass es an der Zeit ist, bekommen sie ein Kind. Das ist die letzte Phase, wir haben also falsch herum angefangen. Wir schreiben unsere Story quasi rückwärts.« Ich zupfe am Ärmel des Bademantels und spüre, wie mein Kinn zittert. Als könnte ich mich so zusammenhalten, zieh ich die Knie an und umschlinge sie.

»Ich weiß, was du meinst. Aber was ist schon normal? Und zumindest haben wir uns kennengelernt und festgestellt, dass wir uns sympathisch sind.«

Ich muss lachen, lege den Kopf auf meine Knie und schaue entrückt auf einen imaginären Punkt im Raum. »Stimmt. Und wenn unser Kind dann irgendwann in die Schule geht, in der sie die Geschichte der Eltern wiedergeben sollen, könnte es erzählen, dass ich völlig betrunken war und dir auf der Toilette meinen Slip in die Hand gedrückt habe.«

»Das würde sich dann zumindest von den anderen ziemlich langweiligen Einheitsgeschichten abheben«, erwidert er mit einem Zwinkern. Wieder hängen wir unseren Gedanken nach – *wenn unser Kind dann irgendwann in die Schule geht*. Wir werden durch dieses Baby für immer miteinander verbunden sein. Selbst wenn wir eines Tages jeweils andere Partner finden, werden wir einander stets als eine Art Altlast mit uns herumschleppen und das nur wegen einer einzigen Nacht, in der wir unvorsichtig waren.

»Calvin, hör zu.« Ich rutsche an die Sofakante und stütze mich mit den Unterarmen auf den Knien ab. »Ein Kind – dieses Kind – wird Veränderungen mit sich bringen, deren Ausmaß ich mir zurzeit nicht einmal ausmalen kann. Ich habe die letzten Tage darüber nachgedacht, ob ich das wirklich möchte, und bin ein weiteres Mal zu dem Entschluss gekommen, dass ich es auf jeden Fall behalten will. Aber das ist meine Entscheidung und ich möchte dich auf keinen Fall zu etwas drängen, das du nicht zu leisten bereit bist. Wenn du also ...«

»Stopp«, schneidet er mir das Wort ab und hält eine Hand hoch. »Auch ich habe die letzten Tage genutzt, um mehr als ausgiebig darüber nachzudenken, und alles, was du da sagst, ist mir durchaus bewusst. Aber ich werde auf keinen Fall wissentlich ein Kind haben, das keine Ahnung davon hat, wer ich bin.« Er sieht mich derart empört an, als hätte ich gerade eine meiner Blähungen gehabt, und zieht energisch sein Shirt stramm.

Ich atme aus und merke erst jetzt, dass ich bis zu seiner Reaktion die Luft angehalten habe. »Okay«, ist alles, was ich hervorbringe, und nippe aus Mangel an Möglichkeiten am Tee. »Scheiße, ist der heiß.«

»Siehst du, unser Kennenlernen hat schon begonnen.« Ich stelle die Tasse ab und sehe ihn fragend an. »Ich weiß inzwischen, dass ich nächstes Mal kalten Tee koche, wie auch immer das funktioniert, und dass du mehr fluchst als ein Bauarbeiter.« Er grinst wieder dieses Grinsen, das bei dem sich in der rechten Wange ein Grübchen bildet, und ich schmunzle.

»Also gut«, ich lehne mich zurück und bin selbst überrascht, wie entspannt ich bin. »Kannst du kochen?«

»Natürlich kann ich kochen.« Er setzt sich etwas aufrechter hin und drückt den Rücken durch. »Ist das eine Fangfrage?«

»Nein. Es bedeutet, dass ich nicht kochen kann und du …« Ich streiche mir unbehaglich über den Nacken und lege den Kopf schräg. »Na ja, wenn wir das Baby gesund ernähren wollen, dann musst du das übernehmen. Ansonsten gibt es dasselbe wie immer.«

»Das da wäre?«

»Döner und manchmal Sushi.«

»Waaas?« Er spuckt mir das Wort entgegen, als hätte ich ihm gestanden, dass ich *Hannibal Lecter* bin und seine Leber essen will.

»Hast du etwa Sushi gegessen, seit du von der Schwangerschaft weißt?«

»Nein«, blaffe ich und setze mich aufrechter hin. »Nun beruhige dich mal. So rot wie dein Gesicht ist, bekommst du gleich eine Herzattacke und ich muss das Kind doch noch allein aufziehen.«

»Roher Fisch kann mit Listerien oder Parasiten infiziert sein. Unter normalen Umständen sind die unbedenklich, aber für das Kind können sie gefährlich werden. Nicht auszudenken, wenn sich die Erreger über den Mutterkuchen auf das Kind übertragen.«

Ich kräusle die Nase und verlagere unruhig mein Gewicht. Wie ist der denn drauf? Und woher weiß er solche Sachen? Trotzdem bin ich wissbegierig und frage kleinlaut: »Was wäre dann?«

»Es kann zu Fehlbildungen bis zur Früh- oder Totgeburt führen.«

Ich spüre, wie mir die Farbe aus dem Gesicht weicht, und greife wieder nach der Tasse. Wäre Mum hier, würde sie wollen, dass ich aufbegehre. Nicht zwingend, weil ich recht habe, sondern da ein Mann – oder wie sie sagt »Penisträger« – es wagt, mir ein bestimmtes Nahrungsmittel zu untersagen. Mums Feminismus geht so weit, dass sie allein aus Prinzip ihres Rechts lieber die Gefahren in Kauf nehmen würde.

»Also kein Sushi«, sinniere ich für mich, kann aber hören, dass Calvin leise lacht.

»Das wäre gut«, gibt er schmunzelnd zurück und steht auf, um ein Stück Holz in den Kamin zu werfen. »Hast du eine schlechte Angewohnheit, von der ich wissen sollte?«

Hmm. Ich schürze die Lippen und trommle mit den Fingerspitzen gegen die Tasse. Dass ich leider viel zu oft und viel zu schnell fluche, hat er ja schon festgestellt. »Ich bin ein Morgenmuffel.«

Calvin kommt zurück und lässt sich wieder auf die Couch fallen, wobei er genau genommen gleitet. Wie kann eine Person mit solcher Leichtigkeit jede seiner Bewegungen dermaßen anmutig wirken lassen? »Das heißt keine Anrufe vor acht Uhr?«

»Das heißt keine Anrufe vor neun Uhr und schon gar keine Gespräche vor dem ersten Kaffee.«

»Sind WhatsApp-Nachrichten okay?«, fragt er grinsend und ich lache.

Ich erfahre, dass Calvin der Einzige in seiner Familie ist, der keinen medizinischen Beruf erlernt hat – hoffentlich krempelt er seine getragenen Unterhosen nicht um –, und dass sein Bruder verheiratet sowie Vater von zwei Kindern ist. Calvin mag Filme und Serien der *Coen-Brüder*, was mir eine Menge über seinen trockenen Humor verrät. Ich weiß, dass er bisher erst eine längere Beziehung hatte, die vor drei Jahren auseinanderging und mit der er noch heute gut befreundet ist. Und dass er davon überzeugt ist, dass Sex gegen Kopfschmerzen hilft. Ich erzähle ihm, dass ich Bücher jedem Film vorziehe, wegen der Arbeit aber viel zu wenig zum Lesen komme. Dass ich mit Mum allein aufgewachsen bin und es im Sportunterricht nie geschafft habe, die Stange hochzukrabbeln. Die Zeit vergeht wie im Flug und als es im Wohnzimmer immer schemenhafter wird, schaue ich aus dem Fenster – es ist bereits dunkel.

»Wie spät ist es?« Wir blicken zeitgleich zur Uhr über dem Kaminsims und sehen uns überrascht an, es ist nach acht.

»Ich hole mal deine Sachen und bringe dich zu deinem Wagen.«

Eine Viertelstunde später stehen wir auf dem Parkdeck von *Nexus Design* und ich werfe die Handtasche auf den

Beifahrersitz des Autos. Ich spüre Calvins Blick an meinem Rücken und versuche, Zeit zu schinden. Nur warum? Will ich noch nicht, dass der Tag zu Ende ist, oder weiß ich nur einfach nicht, wie ich mich nach den schönen Stunden verabschieden soll?

»Tja dann«, stammle ich und drehe mich zu Calvin herum. In meinem Bauch rumort es unangenehm und dieses Mal bin ich sicher, dass es nichts mit dem Baby zu tun hat. Mein Blick flattert zu seinem Mund und ein Schauer überkommt mich. Einerseits wünsche ich mir, dass er mich küsst, und andererseits will ich es nicht. Unser beider Leben ist bereits so durcheinandergewirbelt und wir können uns nicht einmal ansatzweise ausmalen, was noch kommen wird. Beziehungen sollten schwerelos und leicht beginnen, alles wirkt wie in Watte gepackt und nichts außer dem Moment des Wiedersehens und pausenlosem Sex spielt eine Rolle. Bei uns sind diese Voraussetzungen nicht gegeben, weil wir selbst ohne Liebschaft schon genug Komplikationen miteinander teilen. Noch mehr können wir wirklich nicht gebrauchen.

Calvin unterbricht meine Gedankengänge und nimmt mir die Entscheidung ab. Er zieht mich in die Arme und drückt seine Lippen auf meinen Scheitel. Im ersten Moment versteife ich, doch im nächsten lasse ich mich in seine Umarmung fallen und kneife die Lider zusammen, hinter denen es verdächtig brennt. Diese innige Geste ist so neu, nicht einmal sein Geruch kommt mir bekannt vor, und trotzdem habe ich das Gefühl, als hätte er mich damit an ein Ladekabel gestöpselt.

»Wir schaffen das, oder?«, wispere ich und spüre am Oberkopf, dass er nickt.

»Wir haben noch achtundzwanzig Wochen, um uns dermaßen gut kennenzulernen, dass ich besser weiß, welches Essen deine Blähungen auslöst als du selbst.« Ich lache und lehne meine Stirn an seine Schulter. »Wir schaffen es nicht nur, Amy, wir machen es besser als alle anderen. Dann durchlaufen wir eben nicht das übliche Prozedere, sondern starten da, wo andere aufhören. Wir erzählen unsere ganz eigene *Story in Reverse*.«

Amy

14. Woche

Ich trete aus der Haustür und gehe den schmalen Abschnitt bis zum Fußweg entlang, um an der Straße auf Calvin zu warten. Noch eine Eigenheit, die ich an ihm kennenlerne – er ist unpünktlich. Er wollte mich um 18:30 Uhr abholen, inzwischen ist es 18:45 Uhr. Das Telefon gibt einen Nachrichtenton von sich und ich ziehe es aus der Handtasche.

Ich bin in drei Minuten da. Du kannst schon herauskommen.

Ich schmunzle. Das sind die Wesenszüge, die man am Anfang einer Beziehung noch süß und liebenswert findet, und nach zehn Jahren ist es genau das, was einem am anderen am meisten Nerven raubt. Etliche Autos kommen die Straße entlang, fahren jedoch an mir vorbei. Langsam dürften auch die drei Minuten um sein. Ich will gerade auf die Uhr schauen, als das sonore Dröhnen eines Auspuffs von links in meine Richtung schallt. Sekunden später kommt ein silbergrauer Sportwagen neben mir zum Stehen, dessen Dach eine Handbreit über meiner Hüfte endet.

Calvin springt leichtfüßig heraus, läuft um die Motorhaube und reißt mir die Beifahrertür auf. »Entschuldige, ich bin zu spät.«

»Ach was?« Das wäre mir ohne diese Info gar nicht aufgefallen. Mein Blick wechselt zwischen dem Wagen und Calvins Anblick im Anzug, während ich mich auf den tief liegenden Beifahrersitz fallen lasse. Der anthrazitfarbene Zweireiher ist definitiv nicht von der Stange. Als ich die Füße in den Wagen ziehe, wirft Calvin die Tür zu, eilt wieder auf seine Seite und lässt sich neben mich in den Sitz gleiten.

»Wohin fahren wir?«, erfrage ich und inspiziere das glänzende Cockpit, das mit all den Knöpfen und Lichtern eher wie das eines Airbus wirkt.

»Lass dich überraschen.« Er zwinkert mir zu, drückt den Startknopf und ein leises Brummen, gepaart mit einer sanften Vibration erfüllt den Wagen.

Nickend streiche ich über das Leder und schaue aus dem Fenster, als wir losfahren. »Wenn ich deine Wohnung, Verzeihung dein Haus und dieses Gefährt kombiniere, dann nehme ich an, dass du deine Unterhosen nicht drei Tage am Stück trägst und sie dann umdrehst?«

»Wie bitte?« Calvin sieht kurz zu mir herüber und runzelt die Stirn.

»Nicht so wichtig«, winke ich ab und trommle mit den Fingerspitzen auf meinem Knie. »Also, was arbeitest du nun? Du bist hoffentlich nicht so einer, der auf Kosten seiner Eltern lebt und selbst noch nie etwas auf die Beine gestellt hat, oder?«

Er wirft lachend den Kopf in den Nacken. »Nein, weder das noch die Sache mit der Unterhose.«

»Was ein Glück«, wispere ich und klebe mit dem Blick an seinem Profil. Selbst seine gerade Nase ist perfekt, nicht zu groß und nicht zu klein. Ob unser Kind viel von ihm haben wird?

»Ich mache Karten«, kommt es unvermittelt und ich blinzle ungläubig.

»Du machst Karten?«

»Ja.« Mehr sagt er nicht und ich mustere ein weiteres Mal den Innenraum.

»Landkarten?«

Er sieht in den Seitenspiegel, betätigt den Blinker und zieht auf die andere Spur. Bei der Beschleunigung glaube ich kurz, dass es mich tatsächlich in den Sitz drückt. »Nein, Karten für Anlässe. Hochzeiten, Danksagungen, Einladungen – so was. Kunden gehen auf unsere Website, konfigurieren sich das Design aus unseren Vorlagen und wir fertigen sie an.«

Karten ... Das habe ich noch nie gehört. Warum macht man sich die nicht einfach selbst oder druckt sie an einer der Tausenden von mobilen Fotostationen? Calvin wertet mein Schweigen offenbar, als müsse er das Thema weiter vertiefen.

»Als mein ältester Freund Chris vor zehn Jahren geheiratet hat, habe ich die Einladungskarte am PC gestaltet und sie in einer Druckerei anfertigen lassen. Seine Frau ließ den Satz fallen, dass es doch wunderbar einfach sei, wenn es das online gäbe. Unkompliziertes Konfigurieren für jedermann und gleichzeitig auch der Druck. Gesagt, getan und inzwischen gibt es uns zehn Jahre.«

»Und davon kann man sich so einen Wagen leisten?«

Calvin lacht erneut und zuckt mit den Schultern. »Am besten du besuchst mich einmal und machst dir selbst ein Bild.«

Ich nicke ihm lächelnd zu, als er den Wagen vor einem Restaurant zum Stehen bringt. Wir gehen essen? Fragend schaue ich zu Calvin, der jedoch gerade aussteigt, und so mache ich es ebenfalls. Der Eingangsbereich des dunklen Betonklotzes leuchtet in einem warmen Weiß und ein Page hält uns bereits die Tür auf. Seite an Seite betreten wir die weitläufige Empfangshalle. Als Erstes fällt mir der riesige

Empfangstresen auf, der wirkt, als wäre es aus einem Guss mit dem glänzenden hellen Boden. Wir eilen jedoch daran vorbei auf eine kleine Gruppe von fünf weiteren Paaren zu. Dann vielleicht doch kein Essen?

»Verrätst du mir jetzt, was wir hier wollen?«

»Mister Benson?«, ruft zeitgleich eine blonde Frau im klassischen anthrazitfarbenen Kostüm und kommt mit einem Tablet im Arm auf uns zu.

»Verzeihung«, Calvin reicht ihr die Hand und legt sich die andere an die Brust, als sei er untröstlich. »Der Verkehr war grausam.«

Ich lache trocken auf – von wegen der Verkehr. Er überhört es geflissentlich und sie versteckt ihr Kichern hinter der Hand, sodass sie es auch nicht bemerkt. Sie kichert? Ich lasse meinen Blick streifen und bewundere die beiden Säulen aus Marmor, die links und rechts neben der Drehtür stehen. Bei einer Frau, die Calvin ungeniert mustert, stocke ich und sehe wieder zu ihm. Ich kann sie ziemlich gut verstehen. Er macht schon in seinem sonst üblichen T-Shirt und Jeans eine sehr gute Figur, aber im Anzug – Junge, Junge. Er sagt noch etwas zu der Frau, die uns empfangen hat – laut Namensschild Lyla –, und legt mir zeitgleich eine Hand auf den Rücken. Eine subtile Geste, die dennoch reicht, damit ich mich nicht überflüssig fühle. Calvin hat eine Art, die Aufmerksamkeit aller auf sich zu ziehen, wenn er einen Raum betritt, das allerdings nicht, weil er so außerordentlich autoritär wirkt, sondern weil er auf natürliche Weise einnehmend ist. Eine seltene Mischung aus Souveränität und jugendlichem Charme.

Lyla lacht auf und streicht sich über den strammen Dutt, ehe sie sich von uns abwendet und geradeaus auf eine doppelflügelige Tür zusteuert: »Folgen Sie mir bitte!«

Das ist aber nicht einer von diesen merkwürdigen Kursen, von denen Melissa geschwafelt hat, oder? Aber dass Geburtsvorbereitungskurse in einem Hotel stattfinden, wäre mir auch neu. Oh Gott! Ich stocke kurz, das ist aber nicht so ein perverses Gruppending, Tantra-Kurs oder so was?

Calvin belässt seine Hand an meinem Rücken und wir gehen den anderen fünf Paaren hinterher. Augenblicklich schlägt mein Herz schneller und ich habe meine Befürchtungen schon wieder vergessen. Wie schafft er es, dass ich mich unter seinen Berührungen immer so fühle, als wäre ich in Watte gepackt?

»Ich habe noch etwas über dich erfahren«, flüstere ich, um mich selbst abzulenken, und die Türen vor uns werden geöffnet. Der Hauptraum des Restaurants ist das sicher nicht, er ist viel zu klein.

»Das da wäre?« Calvin sieht mich fragend an und ich schaue kurz zu ihm, wobei sich unsere Blicke berühren.

Eine Gänsehaut breitet sich schlagartig auf meinem Rücken aus, so wie jedes Mal. Es ist, als könne er alles erkennen. Ob dem wirklich so ist oder mich seine verwirrend schönen Augenfarben nur so fühlen lassen, weiß ich nicht.

»Dass du, wenn es nötig ist, über gute Umgangsformen verfügst und deinen Charme gezielt einsetzt, wenn es zu deinen Gunsten ist. Weil du zum Beispiel wieder einmal unpünktlich bist.«

Er schmunzelt, wobei dieses Grübchen entsteht, und zwinkert mir zu. »Gut beobachtet, *Watson*.«

Inmitten des Raums steht nur ein einzelner runder Tisch für zwölf Personen, über dem ein überdimensionaler venezianischer Kronleuchter hängt, der durch Glaskristalle Muster an die cremefarbenen Wände wirft.

Sofort kommen zwei Kellner angelaufen, die uns die Jacken abnehmen, und ein weiterer verteilt an jeden von uns einen Aperitif – meiner natürlich ohne Alkohol. Mum hat recht, es ist unfair. Lyla trommelt mit einem Löffel gegen ihr Glas und ich sehe unsicher zu Calvin, der geheimnisvoll lächelt.

»Mein Name ist Lyla und ich heiße Sie im Namen des *No One* zu einem unserer leicht abgewandelten Date-Storytelling-Abende willkommen.«

Das Pärchen neben uns flüstert und die Frau stößt ein »Häää?« aus, was so ungefähr mit meinen Gedanken übereinkommt.

»Für diejenigen unter Ihnen, denen das nichts sagt, möchte ich es kurz erklären«, fährt Lyla mit einem Grinsen fort. »Sie werden gleich an dieser festlich gedeckten Tafel vor Ihrem Namenskärtchen Platz nehmen, in der Tischmitte finden Sie einen Aufsteller mit Karten. Auf diesen sind Fragen vorgegeben, die Sie sich untereinander stellen sollten, um darüber zu debattieren. Jedoch bitte im Wechsel, um es fair zu gestalten. Und ganz nebenbei wird Ihnen ein Drei-Gänge-Menü serviert, das Sie hoffentlich so schnell nicht vergessen werden.«

»Was gibt's denn zu essen?«, fragt der Mann links von mir und wieder lächelt Lyla gutmütig.

»Das Menü wurde bei der Anmeldung bereits gewählt.« Sie sieht fragend in die Runde und presst sich das Tablet an die Brust. »Wenn es keine weiteren Fragen gibt, möchte ich Sie bitten, die Plätze einzunehmen, damit wir anfangen können. Ich bleibe im Raum, um bei Bedarf helfend einzugreifen. Damit bleibt mir erst einmal nur, Ihnen allen einen guten Appetit und hoffentlich viel Spaß zu wünschen.«

Ich stelle mich auf die Zehenspitzen und recke den Mund an Calvins Ohr: »Das sind also alles Paare, die ein

Date haben?« Er räuspert sich und ich glaube, den Hauch einer Gänsehaut auf seinem Nacken zu erkennen. Ehe ich es richtig deuten kann, rückt er jedoch ein Stück von mir ab.

»Genau.«

»Dann haben wir also«, ich lasse einen Finger zischen uns pendeln, »du und ich. Heißt das, dass wir so eine Art Date haben?«

Wieder zeigt sich sein Grübchen und er tritt vor mich, so nah, dass sich unwillentlich meine Brustwarzen zusammenziehen. »Du erinnerst dich an das Gespräch in meinem Wohnzimmer? Du sagtest, dass es im Allgemeinen so ablaufen soll: Erstens: Mann und Frau lernen sich kennen – das hätten wir erledigt. Zweitens: Sie stellen fest, dass sie sich ganz sympathisch sind und sich näher kennenlernen wollen. Und du«, er kratzt sich an der Schläfe und verzieht den Mund, »na ja, du bist mir ganz sympathisch.«

Ein Schauer überzieht meine Haut und sorgt dafür, dass sich jedes Härchen meines Körpers aufstellt. Ich grinse, ohne es beeinflussen zu können, und dennoch brennt es verdächtig in meinen Augen. Ich hoffe wirklich sehr, dass dieses sich ständig andeutende Geplärre irgendwann wieder nachlässt. Ich möchte etwas erwidern, will ihm sagen, dass es mir genauso geht, aber er dirigiert mich schon in Richtung Tisch.

Er rückt mir den Stuhl zurecht und ja, das macht mich irgendwie an. Mum würde weinen, weil ihre Tochter so etwas schließlich allein kann. Ebenso, wie ich die Tür am Wagen selbst öffnen kann. Die Sache ist nur die, natürlich könnte ich es, aber ist es nicht auch nett, wenn man auf die Art umsorgt wird? Emanzipation hin oder her.

Beim Hinsetzen fällt mein Blick auf die dunkelhaarige Frau mir gegenüber beziehungsweise ihren Bauch. Laut Namenskärtchen Silvia und diese Wölbung ist ganz sicher nicht angefuttert. Der Mann rechts neben uns – Stan –, dessen Begleitung den Raum verlassen hat, sieht es offenbar auch.

»Hast du dir das auch gut überlegt, Mann?«, höhnt er und schüttelt die Serviette auf, um sie sich auf die Beine zu legen. »Das könnte mir nicht passieren.«

»Wollen Sie keine Kinder?«, fragt der Blonde, zwei Pärchen weiter – Liam –, und Stan lacht laut auf.

»Ganz sicher nicht, ich lass mich doch nicht zum Alimentezahler machen.«

Calvin sieht zu mir und zuckt die Achseln, als zeitgleich die Vorspeise serviert wird. Ich greife nach der Menükarte, die in der Mitte des Tisches steht, und studiere die für mich angegebenen Gänge, demnach ist das hier ein

Kohlrabischaumsüppchen – noch nie gehört. Ich stelle die Karte zurück, stocke dann aber. Ganz unten rechts ist ein kleines Emblem: *CB-Cards*. Ich nehme sie wieder an mich, mustere den dunklen blauschwarzen Marmoreffekt und lasse die Fingerspitzen über die Goldschrift gleiten, deren Prägung tastbar ist. Mein Blick wandert zu den Namenskärtchen und dem Ständer mit den Fragekärtchen, alles ist im gleichen Design.

»*CB-Design*«, nuschle ich und sehe zu Calvin, der mich regungslos beobachtet. Kein Nicken, kein Kopfschütteln. »Calvin Benson.«

»Hallo?« Jemand tickt mir auf die Schulter und ich wende mich von Calvin ab. »Darf ich die Karte mal sehen?«, fragt eine lächelnde Rothaarige und ich reiche sie ihr.

»Natürlich, Entschuldigung.«

Wir essen einige Minuten, in denen nichts weiter zu hören ist als das Klirren der Löffel, die auf das Porzellan der Teller treffen.

»Dann wollen wir mal«, setzt Silvia – die andere Schwangere – an, zieht die erste Karte aus dem Ständer und überlegt, wem sie die Frage stellen will. Sie deutet auf den Mann links von mir, Oliver, und er errötet wie auf Kommando.

»Gibt es deiner Meinung nach Freundschaft zwischen Männern und Frauen?«

Oliver schürzt die Lippen und sieht seine Begleitung, die Rothaarige, hilfesuchend an. »Ich finde schon, ja«, antwortet er schulterzuckend und tunkt seinen Löffel in die Suppe. Zeitgleich haut Stan heftig die flache Hand auf den Tisch, sodass wir alle zusammenzucken und zu ihm sehen.

»Quatsch, das gibt es nicht.«

»Und warum nicht?«, will Oliver wissen und Stan deutet auf seine Begleiterin, die inzwischen wieder Platz genommen hat.

»Mal ehrlich, wer könnte mit so einer Frau befreundet sein, ohne unentwegt darüber nachzudenken, dass ... ihr wisst schon.« Sie grinst dümmlich und streckt den Rücken etwas weiter durch, damit ihre ohnehin recht eindrucksvolle Oberweite noch besser zur Geltung kommt. Die Grenzen der Belastbarkeit ihrer Bluse sind hiermit erreicht.

»Das ist doch Blödsinn«, mischt Calvin sich ein und tupft sich mit der Serviette den Mund ab. »Nicht bei jedem Mann reduziert sich die Gehirnaktivität auf das eine, nur weil eine Frau attraktiv ist.«

Stan hustet, wobei sich eindeutig das Wort »Schleimer« heraushören lässt, und ich muss lachen.

»Nächste Frage«, trötet Liam von rechts, zieht eine neue Karte und fragt die Schwangere: »Könntest du mit einem deutlich kleineren Mann zusammen sein?« Sie beißt sich auf die Lippen und ihre Wangen werden dunkelrot.

»Also ...«

Die Kellner kommen und räumen den ersten Gang ab, um den nächsten zu servieren, und sie scheint dankbar für diese kurze Schonzeit. Rinderfiletrouladen in Schalotten-Rotweinsoße, für mich und vermutlich auch die andere Schwangere ohne Rotwein. Calvin hat folglich an alles gedacht und in meinem Magen wird es warm vor Zuneigung. Nein, glühend heiß, wie Wasser in einem Kochtopf, das langsam beginnt zu köcheln.

»Was ist nun, kleiner Mann, oder nicht?«, wiederholt Liam seine Frage und Silvia stammelt: »Wenn ich ganz ehrlich sein soll, dann ähm Nein. Das wäre für mich ein Ausschlusskriterium.«

Ein Raunen geht um den Tisch, die Männer sind anscheinend erschüttert, allen voran Stan. »Da tönen die Frauen immer, es käme ihnen gar nicht auf die Größe an und dann so was.«

»Wir reden hier von der Körpergröße«, korrigiert Calvin, der mit seinen geschätzten 1,95 Meter allerdings auch keine Sorgen haben dürfte, irgendeiner Frau zu klein zu sein.

»Ist doch egal, diskriminierend ist es trotzdem.« Stan schüttelt den Kopf, als sei er ernsthaft betroffen, und Bill, der Begleiter von Silvia und wahrscheinlich der Vater ihres Babys, wackelt mit den Augenbrauen. »Was soll ich sagen, an mir ist eben alles groß.«

Ich lache laut auf, sodass er sich wie auf Kommando eine Karte nimmt und sich über den Tisch in meine Richtung lehnt: »Amy, was würdest du tun, wenn du einen Tag lang ein Mann wärst?«

Ähm. Ich sehe zu Calvin und dann von einem zum anderen weiter. »Ich, na ja, ich würde Sex haben, um mal zu sehen, wie es sich als Mann anfühlt.« Die Frauen am Tisch nicken bestätigend und ich picke ein Stück der Roulade auf meine Gabel. »Und ich würde nackt die Hüften schwingen lassen, um zu sehen wie *Er* wackelt, mir an die Beine schlägt oder so.« Wärme schießt mir in die Wangen, und ich vergrabe mein Gesicht eilig in den Händen, woraufhin Calvin mich lachend in seine Arme zieht. Für eine Sekunde bin ich überrascht über die intime Geste und in der nächsten genieße ich die Nähe. Ist es wirklich möglich, dass er nach der kurzen Zeit bereits die Macht hat, in mir das Gefühl von Vertrautheit auszulösen?

»Hast du schon mal einen Liebesbrief bekommen?«, stellt der Mann links neben mir die Frage an Kate, Stans Begleiterin, und sie nickt.

»Natürlich. Darauf stand ›Wollen wir es miteinander versuchen‹ und darunter waren zwei rammelnde Schafe gemalt. Ziemlich hässlich und mit dem Vermerk: ficki ficki.«

»Oh nein, diese furchtbaren Briefe in der Schulzeit«, platzt es aus Silvia heraus. »Wie alt warst du da?«

»Wieso wie alt?«, erwidert Kate und schüttelt den Kopf. »Ich bekam ihn letzte Woche. Von Stan.« Sie deutet auf ihn und augenblicklich erstarrt jeder Einzelne am Tisch. Wir wechseln Blicke und schauen zu Stan, der mit den Schultern zuckt. »Hat doch funktioniert, oder?«

»Hat es und irgendwann wirst du der Vater meiner Kinder«, fiepst sie mit einer Stimme, die in den Ohren schmerzt, und die Männer versuchen, ihre Spöttelei zu unterdrücken.

»Na Stan, was ist los? Möchtest du mal Kinder haben?«, stichelt Liam wohl wissend, wie er vor wenigen Minuten noch zu dem Thema stand.

»Klar, Baby. Ich wollte schon immer so einen kleinen Kniebeißer. Ach, was rede ich, drei.«

Alle prusten zeitgleich los und es folgen Fragen wie »Wie war dein schrecklichster Kuss?« oder »Ist die Größe der Brüste entscheidend?«. Bei »Was war die schlimmste Phase, deines Lebens?« sind wir bereits beim Dessert angelangt. Wir trauen manches Mal unseren Ohren nicht, lachen mindestens genauso viel und manchmal hängt auch jeder von uns sekundenlang seinen eigenen Gedanken nach. Ich schiebe mir den letzten Löffel Birne mit Schokocreme in den Mund, als Kate eine Frage an Calvin stellt.

»Was war eine deiner größten Entscheidungen?«

Alle warten gespannt, auch ich. Ich lecke mir über die Lippen und wippe so sehr mit dem Fuß gegen das Tischbein, dass er durch die Vibration erbebt. Das ist wieder eine der ernsteren Fragen, die inmitten der anderen auftauchen, und Calvin lehnt sich in seinem Stuhl zurück.

»Das ist einfach. Die größte Entscheidung, die ich je getroffen habe, war, mit einer Frau, die ich kaum kenne, die weitreichendste Aufgabe zu übernehmen, die ein Mensch auf sich nehmen kann – mit ihr gemeinsam ein Kind aufzuziehen. Und je mehr ich über sie erfahre, desto mehr freue ich mich darauf und glaube, dass wir das ganz großartig meistern werden.« Er sieht mich an und da ist es wieder, das bekannte Brennen in meinen Augen und dieses Mal stiehlt sich eine Träne aus meinem Augenwinkel, die ich eilig wegwische.

»Ja, das werden wir«, hauche ich und dann ergeben wir uns den neugierigen Fragen der anderen, die nicht auf den vorgefertigten Karten stehen.

Calvin

16. Woche

»Hallo Calvin«, flötet Lizzy, eine von Bennets Arzthelferinnen. »Willst du deinen Bruder zur Mittagspause abholen?«

»Heute nicht.« Ich schüttle den Kopf. »Wir haben einen Termin zum Ultraschall.« Lizzy verstummt augenblicklich, als ich Amy den Arm um die Taille lege. Instinktiv will ich meine Hand wieder zurückziehen, lasse sie dann aber liegen, wo sie ist.

»Calvin.« Ella, die Laborassistentin, eilt auf uns zu und nimmt mich flüchtig in den Arm. »Ich habe es schon gehört und kann es kaum glauben. Herzlichen Glückwunsch.« Sie löst sich wieder von mir und reicht Amy lächelnd die Hand. »Wir kennen uns ja schon. Dann kommt mal gleich mit.«

Amy sieht mich kurz an und ich wünschte wirklich, ich wüsste, was sie in diesem Augenblick denkt. Da ist sie wieder, eine dieser Situationen, die sie meint. *Normale* werdende Eltern können die Gedanken des anderen schon an dessen Gesichtsausdruck ablesen, wir können das nicht.

Ich weiß nicht, ob ihr unwohl oder ob sie lediglich aufgeregt ist.

»Möchtest du lieber allein ins Labor? Ich kann auch im Wartezimmer bleiben?«, biete ich an und hoffe, dass ich es ihr damit leichter mache.

»Nein«, kontert sie überrascht und nimmt meine Hand. »Wir machen das zusammen.« Ich kann nicht anders, als sie erfreut anzugrinsen, und wir folgen Ella, die an der Tür zum Labor steht und uns fragend ansieht.

»Darf ich Amy sagen?«, erkundigt sie sich und Amy lacht erleichtert auf.

»Unbedingt.«

Ich setze mich auf die Untersuchungsliege den beiden gegenüber, während Amys Blutdruck gemessen wird.

»Spürst du schon irgendwelche Veränderungen an Amy?«, möchte Ella von mir wissen und mein Herzschlag beschleunigt sich wie auf Knopfdruck. Mein Blick trifft auf Amy und eine Sekunde lang ist es ganz still im Raum. Nein, das habe ich nicht, und selbst wenn es eine gäbe, würde ich sie nicht erkennen. Amy schluckt, starrt auf die Blutdruckmanschette um ihren Arm und presst die Lippen aufeinander. Wird das immer so sein? Dass wir in Situationen geraten, die ganz selbstverständlich sind, die uns aber jedes Mal aufs Neue klarmachen, dass unsere Umstände nicht alltäglich sind? Weil wir eine Erfahrung miteinander teilen, die andere mit einem Menschen erleben, den sie über alles lieben und mit dem sie sich bewusst zu diesem Schritt entschieden haben.

Ella, die von den Spannungen zwischen uns anscheinend nichts mitbekommt und auch nicht ernsthaft auf eine Antwort zu warten scheint, zieht die Manschette von Amys Arm. »Dann wollen wir dich mal wiegen.«

Amy steht auf und stellt sich auf die Waage, die direkt neben der Liege, auf der ich sitze, aufgestellt ist.

»Was?!«, quietscht sie so laut, dass ich am liebsten einen halben Meter zur Seite springen möchte. »Das kann unmöglich wahr sein.« Sie sieht zu Ella, zu mir und zurück auf die Waage. »Moment.« Sie steigt herunter, streift sich die Heels ab und stellt sich wieder darauf.

»Also, die paar Gramm deiner Schuhe reißen da auch nichts mehr raus«, ergänzt Ella und geht an den Computer, um das Gewicht einzutragen. »72,5. Das sind drei Kilo mehr seit deinem letzten Besuch. Wenn du so weitermachst, verabschiede dich schon mal von den hübschen Kurven.« Sie deutet mit dem Kugelschreiber auf Amy, deren Figur wirklich außergewöhnlich sinnliche Rundungen …

»Wie bitte?«, faucht Amy und Ella sieht erschrocken von ihrem Rechner auf.

»Entschuldige, das war nur ein Scherz, zudem«, sie klopft sich auf ihren Bauch, »der ist auch ein Überbleibsel der Schwangerschaft. So ist das nun mal.« Sie zuckt die Achseln, tippt auf die Tastatur ein und Amy fixiert mich mit zu Schlitzen verengten Augen. Kennen hin oder her, aber den Blick kann sogar ich deuten. Er sagt: Daran bist du schuld! Jetzt wüsste ich schon gerne, ob dieses Garstige an ihr üblich oder nur eine vorübergehende Erscheinung ist. Vielleicht habe ich Glück und es sind nur die Hormone.

»Ihr könnt euch schon in Zimmer eins setzen, Bennet wird gleich bei euch sein.«

Wir schlendern durch den Korridor in das Behandlungszimmer und lassen uns auf die beiden Stühle vor dem Schreibtisch nieder. So oft ich auch bereits hier war, sogar auf diesem Platz gesessen habe, fühlt es sich heute trotzdem grundlegend anders an. Amy fummelt abwechselnd am Bund ihres Rocks und am Kinn. Sucht sie nach Anzeichen eines Doppelkinns?

»Was sind schon drei Kilo?«, versuche ich, sie aufzumuntern.

»Natürlich«, sie lächelt oder eher bleckt sie die Zähne, was mir irgendwie Angst macht. »Wenn man aussieht, als wäre man gerade der Titelseite der *GQ* entsprungen, kann man so etwas leicht sagen. Du wirst auch noch in einem Jahr so aussehen. Ich hingegen werde zum Fleischtsunami, der nicht mehr unterscheiden kann, ob das am Arsch noch Cellulite oder doch schon Speckrollen sind. Meine ganze Figur, um die ich ohnehin schon ständig kämpfe, wird danach ruiniert sein.«

»Nun übertreibst du ab…«, spotte ich, verkneife mir wegen ihres Blickes aber jedes weitere Wort.

Gott sei Dank geht die Tür auf und Bennet kommt herein. Wir begrüßen uns kurz, ehe er sich Amy zuwendet. »Wer hätte gedacht, dass unser nächstes Wiedersehen so verlaufen würde? Ich bin Bennet, der große Bruder.« Amys Wangen färben sich leicht rot und wo vor Sekunden noch ein psychopathisches Grinsen lag, entsteht ein Lächeln, das jedem Mann die Knie weich werden lässt. Jedem außer Bennet, der ist für jedwede Frau neben Lauren blind.

»Gut siehst du aus«, kommentiert er und Amy schiebt sich eine Haarsträhne hinters Ohr. Oh bitte, sie denkt doch wohl nicht, das sei ein Kompliment, oder? Das sagt er zu jeder. »Wie ist dein Allgemeinbefinden?«

»Sie hat Blähungen«, mische ich mich ein und ernte einen weiteren Blick, der meine Eier ein kleines bisschen zum Schrumpfen bringt.

»Progesteron sorgt dafür, dass der Darm allgemein etwas träger wird, das ist ganz normal«, erklärt Bennet und trägt es in Amys Akte ein. »Bei vielen verstärkt sich dieses Symptom bei Fortschritt der Schwangerschaft sogar noch, weil die wachsende Gebärmutter auf den Darm drückt.« Er tippt weiter und klickt dann mit einer theatralischen Geste auf die Entertaste. »Bei Lauren war das echt schlimm, geradezu widerlich.« Amy blinzelt erschrocken und sieht mich erschüttert an, was ich mit einem gespielten Wimpernklimpern beantworte. »Unglaublich, was aus so einer zarten Person herauskommen kann, das war schon ein Alleinstellungsaroma.« Bennet lacht und ich kann nicht anders, als mitzulachen. »So, dann wollen wir mal einen Ultraschall machen, oder?«, wendet er sich Amy zu, die urplötzlich gar nicht mehr so schwärmerisch aussieht wie noch vor wenigen Sekunden. Ich schätze, einige Damen wären enttäuscht, wenn sie mitbekommen würden, dass ihr angebeteter Doktor Benson in Wirklichkeit auch nur ein Kerl ist, der zudem eine furzende Ehefrau zu Hause sitzen hat.

Wir gehen in den Nebenraum und Bennet signalisiert Amy, sich auf die Liege zu legen. Ich hocke daneben und er ordnet die Kabel seines Ultraschallgerätes.

»Ziehst du bitte die Bluse hoch und den Bund deines Rocks ein wenig herunter?«

Amy macht stumm, was er ihr sagt, sodass ich nach ihrer Hand greife und sie drücke.

Bennet kommt mit dem Ultraschallgel. »Das wird kurz kalt.« Er legt den Schallkopf auf ihren Bauch, der noch immer ganz flach ist, und auf dem Bildschirm geradeaus an der Wand erscheint ein graues Bild. Ich erkenne rein gar nichts, doch dann, da ... Schon Hunderte Male habe ich hier in der Praxis Ultraschallbilder gesehen und weiß, dieses schwarze Teil ist die Fruchtblase.

Sprachlos lasse ich Amys Hand los und gehe auf den Monitor zu, bis ich fast darunter stehe. Das Blut rauscht mir so laut durch die Ohren, dass ich nicht höre, was Bennet erklärt, und ich mustere das zarte Bündel in der Blase. Es ist unfassbar. Mein Blick verschwimmt und ich wische mir eilig eine Träne aus dem Augenwinkel. Alles an mir kribbelt wie unter einem Stromschlag und ich würde am liebsten laut schreien vor Glückseligkeit, weil das Gefühl so überwältigend ist, dass der Platz in mir nicht ausreicht.

Man sieht Amy die Schwangerschaft noch nicht einmal an und doch ist hier ohne viel Fantasie ein kleiner Mensch erkennbar. Der Kopf ist deutlich vom Körper zu unterscheiden und sogar eine winzige Nase ist schon auszumachen. Mein Herz schlägt so schnell, dass das Bild kurz vor meinen Augen verschwimmt und wieder schärfer wird.

»Calvin?«, dringt Amys Stimme zu mir durch, sodass ich mich herumdrehe und zurück neben ihre Liege trete. »Alles in Ordnung?«

Ich starre sie sekundenlang an und nicke einfach nur.

»Der Fötus ist ungefähr zehn Zentimeter groß und fünfundsiebzig Gramm schwer.«

»Zehn Zentimeter«, echoe ich und greife wieder nach Amys Hand. »Ist …« Ich schlucke und traue mich kaum, es auszusprechen, weil ich Angst vor der Antwort habe. Noch mehr will ich es aber wissen. »Ist alles in Ordnung mit ihm? Amy und ich, wir waren an dem Abend … Na ja, wir waren sturzbesoffen.«

Bennet lacht und schüttelt den Kopf. »Calvin, euer Baby ist nicht das erste, das im Suff gezeugt wurde. Zudem gibt es unzählige Frauen, die regelmäßig Alkohol konsumieren, weil sie noch gar nicht von ihrer Schwangerschaft wissen, und all diesen Babys geht es gut.«

»Das ist keine Antwort«, fahre ich ihn an und erschrecke mich selbst über den barschen Ton.

Er sieht perplex von seinem Bildschirm zu mir und ich möchte mich sofort entschuldigen, lasse es dann aber. Amy streicht beruhigend über meinen Arm und Bennet wendet sich wieder dem Gerät zu.

»Die Bein- und Beckenknochen sind gut ausgebildet, ebenso wie die Rippen. Er hat die Größe, die er haben soll, und wenn man ganz genau hinsieht, dann …« Bennet fährt mit der Computermaus an eine Stelle des Bildschirms und ich halte den Atem an, um genau sehen zu können.

»Es atmet«, haucht Amy und Bennet lächelt sie an.

»Wirklich atmen tut er natürlich noch nicht, die Sauerstoffversorgung übernimmt die Nabelschnur. Es sind Übungen, damit sich seine Lunge ausbildet, aber es sieht so aus, oder?«

»Wie kommt ihr eigentlich darauf, dass es ein Er ist? Ich denke, es wird ein Mädchen.« Amy nickt zur Unterstützung ihrer Worte und hebt einen Arm, den sie angewinkelt unter ihren Kopf legt.

»Diese Bügel wirst du bald in die Ecke werfen«, stellt Bennet fest und sieht auf ihren BH, der unter dem Shirt hervorblitzt.

»Wie bitte?«, kontert sie und zupft an dem Stoff, um die schwarze Spitze zu bedecken. Mein Schwanz zuckt und ich reiße die Augen auf. Unglaublich, dass er – ich – meine Triebe selbst in diesem heiligen Moment nicht im Griff habe.

»Laurens Brüste waren sehr«, er sieht kurz zu mir und zurück zu Amy, »empfindlich und sie hat dann schon in der Schwangerschaft Still-BHs getragen. Außerdem solltest du langsam an Umstandskleidung denken.« Er zeigt auf den Druckstreifen, der sich an ihrem Bauch gebildet hat, und steht auf. Amy wird wieder rot, dieses Mal vor Wut und wirft mir einen bösen Blick zu. Bloß nicht die drei Kilo erwähnen oder Gott bewahre zustimmen, dass ihre Klamotten zu eng werden.

»Wachsen die eigentlich noch?«, frage ich Bennet und tue so, als würde ich Brüste in den Händen wiegen. »Ich glaube, die haben ganz ordentlich zugelegt.«

Amy reißt die Augen auf und Bennet nickt. »Warte erst mal den Milcheinschuss ab.« Er wackelt mit den Augenbrauen und ich lache.

»Ich kann dir auch Thrombosestrümpfe verschreiben«, wendet er sich wieder an Amy und sie lächelt spöttisch.

»Das fehlt mir auch noch.« Bennet sieht sie erstaunt an, sodass sie fortfährt. »Ich arbeite in der Modeindustrie, da kann ich nicht herumlaufen wie eine Zuchtkuh mit dicken Eutern und Omasocken. Ganz sicher nicht.«

Er zuckt mit den Schultern und drückt einen Knopf auf seinem Gerät. »Hört euch das an«, wechselt er das Thema und ein Schnarren ertönt. Zuerst vernehme ich nichts, bis er mit dem Schallkopf eine Stelle auf Amys Bauch trifft und das Rauschen zu einem gleichmäßigen Pochen wird – unermüdlich und stark. Meine Atmung verändert sich, geht schneller und eine abgrundtiefe Ruhe breitet sich in mir aus. Gleichzeitig bekomme ich eine so enorme Beklommenheit, dass etwas passieren könnte, was außerhalb meines Einflusses liegt. Es ist nicht die Angst, die ich bisher kenne. Nicht die Sorge, dass wir der auf uns zukommenden Aufgabe nicht gewachsen sind, sondern eher, dass ich dieses kleine Menschlein, das zur Hälfte aus meinen Genen besteht, beschützen will, mit allem, was mir möglich ist. Ich weiß, was das für ein Geräusch ist, und dennoch will ich es von Bennet hören.

»Was ist das?«

Bennet legt den Schallkopf zur Seite. »Das starke Herz eures Kindes. Herzlichen Glückwunsch, kleiner Bruder.«

Calvin

18. Woche

»Fast sechs Kilo, das ist doch nicht normal«, brabbelt Amy, während wir die Praxis der Geburtshelferinnen betreten, die Bennet uns empfohlen hat. Im Flur stehen versetzt einzelne Stühle und Tische, auf denen Zeitungen liegen. Von der oberen strahlt mir eine dieser unechten Vorzeigefamilien entgegen, die jedem normalen Elternpaar ein schlechtes Gewissen machen.

»Wonach riecht es denn hier?«, flüstert Amy mir ins Ohr, stößt dabei geräuschvoll auf und schlägt sich eine Hand auf den Mund. »Sorry, das mit dem Sodbrennen wird immer schlimmer.«

Formidabel. Ich verziehe angewidert die Nase, jetzt nur nicht demonstrativ frische Luft zufächeln. »Macht ja nichts«, presse ich hervor und gehe den blau und lila gestrichenen Flur entlang, als eine Frau mit grau meliertem dunklem Haar aus dem Nichts vor meine Füße springt.

»Oha«, kommt es von Amy, was so ungefähr meinen ersten Eindruck wiedergibt.

Ich gehe einen Schritt zurück, um nicht ganz so auffällig heruntersehen zu müssen, obwohl der Frau vermutlich klar ist, dass sie nicht einmal 1,50 Meter groß ist.

»Ihr müsst Amy und Calvin sein«, mutmaßt sie und mustert uns, wobei sie ihre Nase dermaßen rümpft, dass die Oberlippe mit nach oben geht und sie uns ihre Schneidezähne samt Zahnfleisch präsentiert. »Ich bin Kate. Eigentlich habt ihr euren Termin bei Sylvie, die ist aber ganz plötzlich zu einer Geburt gerufen worden, und darum kümmere ich mich um euch.«

Ach, wie schön. Ich sehe über die Schulter zu Amy, die sich vor dem Spiegel an der Wand dreht und ihre Seitenansicht überprüft.

»Amy?«, rufe ich sie ins Hier und Jetzt zurück und sie zieht neugierig die Augenbrauen hoch.

»Was?« Sie kommt neben mich und Kate bewegt merkwürdig den Kopf vor und zurück, zieht die schwarz umrandete Brille auf ihrer Nase herunter, wodurch sie deutlich weniger verstörend aussieht. Sie schiebt sie aufs Neue hoch und auf der Stelle sehen ihre Augen wieder fünfmal größer aus, als sie es ursprünglich sind. Amy verzieht den Mund und blinzelt ungläubig.

»Da haben wir ja die Schwangere«, flötet Kate und grapscht nach Amys Bauch. »Der ist ja riesig für die achtzehnte Woche. Sind da Zwillinge drin?«

Amy klappt die Kinnlade herunter und sie rückt demonstrativ ein Stück von Kate ab. Ich drehe mich schnell weg und beiße mir in die Faust. Jetzt nur nicht laut lachen.

»Dann kommt mal mit, Leute«, befiehlt Kate und bahnt sich ihren Weg zwischen Amy und mir hindurch, in den Raum gegenüber der Eingangstür.

»Die hat Bennet uns empfohlen?«, zischt Amy und wir folgen ihr.

»Nein, hat er nicht. Was du gehört hättest, wenn du nicht ständig dein Spiegelbild bewundern müsstest.«

Wir betreten den Raum und ich halte mir dezent die Nase zu. Hier stinkt es sogar noch mehr als im Flur. Was ist denn das?

»Lavendel«, beantwortet Kate meine unausgesprochene Frage und zeigt auf eine komplett mit Schaumstoffmatten ausgelegte Ecke. »Setzt euch, Leute, und macht es euch bequem.«

»Menschen, die andere mit ›Leute‹ ansprechen, sind mir per se suspekt«, nuschelt Amy und sieht sich verstohlen um. »Kann sie durch diese Fischgläser überhaupt etwas erkennen?«

Kate wendet sich uns zu und hat eine Plastikfigur in der Hand, die beinahe größer ist als sie selbst.

»Wir fangen mit etwas ganz Einfachem an als Auflockerung.« Sie setzt sich mitsamt der Figur uns gegenüber und fixiert Amy. »Du siehst ganz schön müde aus.« Die reißt ihre Augen so weit auf, dass ich fürchte, ihre Augäpfel kullern jeden Moment über die Matten. Eins muss man Kate lassen, Komplimente machen kann sie. Bevor es gleich in wildes Frauencatchen ausartet, nehme ich Amys Hand in meine und hoffe, sie versteht die beruhigende Geste. Sie holt Luft und schnaubt wie ein Bulle, sagt aber glücklicherweise nichts.

»Fangen wir mit der Eröffnungsphase an«, legt Kate los und Amy hebt fragend die freie Hand.

»Wir wissen so ungefähr, wie es läuft. Ich dachte, wir sprechen darüber, wo die Geburt stattfinden soll?«

»Das kommt noch, jetzt wird erst einmal aufgepasst.«

Amy zuckt zurück, bleibt aber still und wieder muss ich beinahe lachen.

»Die Eröffnungsphase«, fährt Kate fort und wirft Amy einen rügenden Blick zu, »ist die längste der Geburt.« Sie faselt und faselt und ich schaue mich um. Links von uns steht eine Badewanne, wie sie im Krankenhaus für die Geburt genutzt wird – vermutlich zum Probeliegen. Geradeaus vor dem deckenhohen Fenster hängt eine Art Hängematte. Ist die auch zum Kinderkriegen? Und wenn es dann doch mal rausrutscht? Wer fängt es so schnell auf?

»Es ist ja nicht so, dass es einfach rausrutscht«, beantwortet Kate auf gruselige Art und Weise schon wieder meine unausgesprochene Frage. Langsam wird sie mir unheimlich. »Und dann überprüfe ich regelmäßig, wie weit der Muttermund sich geöffnet hat. Ob er weich oder fest ist und wie weit das Köpfchen schon vorgedrungen ist. Etwa so.« Sie friemelt unten an der Figur herum, sucht, fummelt, rümpft wieder die Nase und präsentiert uns ihr Gebiss. Ungeduldig beugt sie sich vor, um besser sehen zu können, und lacht grunzend auf. »Falsches Loch.«

Amy weicht erschrocken zurück und ich pruste laut los. Kate gefällt mir. Sie merkt es nicht oder es interessiert sie nicht, da sie augenblicklich weitermacht. Nun kommt die Austreibungsphase und während sie referiert, schiebt sie das Baby in dem Plastikkörper nach unten und die Vagina dehnt sich unnatürlich. Je weiter sie oben drückt, desto mehr verziehe ich schmerzverzerrt das Gesicht und kann dennoch nicht wegsehen. Sekunden später fällt das Plastikbaby auf die Schaumstoffmatte und die Attrappen-Möse zieht sich flatternd zurück, wie ein Luftballon, den man aufgepustet hat und die Luft sofort wieder herauslässt. Schlaff und ausgeleiert.

»Bleibt das so?«, frage ich und verziehe angewidert den Mund. Ich will nicht mehr hinsehen, kann aber nicht anders, als immer wieder auf das hängende Gummi zu starren.

Kate zieht ein kleines Plastikröhrchen aus der Tasche ihrer Strickjacke und öffnet es mit einem ploppen. »Wenn eine Frau so viele Geburten hätte, wie diese Figur bisher, dann bestimmt.« Sie lacht über ihren eigenen Witz, ist damit allerdings auch die Einzige. Amy presst die Lippen aufeinander und schluckt sichtlich. Ich folge ihrem Blick zu dem Plastikbaby, das Kate gerade mit Kunstblut aus ihrem Röhrchen beschmiert.

»So, herzlichen Glückwunsch«, mit den Worten hält sie uns die Puppe hin. Amy und ich sehen uns irritiert an. »Was ist? So sieht ein frischgeborenes Baby nun einmal aus. Die Werbung will uns weismachen, dass da ein gebadetes rosiges Menschlein herauskommt, aber die Wahrheit ist das hier, Leute.« Sie wackelt mit *Rosemaries Baby* vor unseren Gesichtern. »Blutig, runzlig, manchmal auch mit verformtem Kopf. Wie ein Alien.«

Amy schnappt schockiert nach Luft und steht brüsk auf. »Danke, das war sehr ... plastisch. Ich denke, wir gehen.«

»Wir haben noch gar nicht über die Möglichkeiten der Geburt gesprochen.« Kate deutet auf die Badewanne.

»Das ist auch nicht nötig.« Amy sieht mich auffordernd an. »Lass uns bitte gehen!« Obwohl das Wort »bitte« vorkam, war das definitiv keine. Ich schwinge mich auf die Beine und Amy steuert auf die Tür zu.

»Wollt ihr auch den Ultraschall nicht machen, Leute?«

Amy hält mit der Hand den Türgriff, doch ich kann förmlich sehen, wie sie zögert. Bennet macht schon mehr als üblich, dennoch scheint sie das umzustimmen. Und ja, sie knickt ein.

Wir folgen Kate in einen anderen Raum ohne Fenster, in dem sich nur eine Liege und das Ultraschallgerät befinden. Amy macht ihren Bauch frei und legt sich hin, während Kate das Gerät vorbereitet.

»Wisst ihr schon, was es wird, Leute?«

Amy sieht mich an und formt mit den Lippen ein »What the fuck«. Ich weiß es doch auch nicht, zucke mit den Schultern und trete an das Fußende der Liege.

»Sie lag immer ungünstig und man konnte es nicht erkennen«, erklärt Amy und ich lächle, weil sie so felsenfest davon überzeugt ist, dass es ein Mädchen wird. Mindestens so sehr wie Bennet und ich glauben, dass es ein Junge wird.

»Mütter haben dafür oft ein Gespür«, bestärkt Kate Amy und legt den Schallkopf auf ihren Bauch.

Amy wackelt mit den Augenbrauen in meine Richtung und ich streichle über ihre Füße. Eine so intime Situation und doch wird sie für uns immer mehr zur Normalität. So normal, dass sie mir oft nicht einmal mehr auffallen. Unwillkürlich kribbelt es in meinem Magen und ich lege mir zur Beruhigung eine Hand auf den Bauch. Sind das diese Schmetterlinge, von denen immer alle reden?

»Sehr schön, sehr, sehr schön«, lobt Kate und hebt ihre Brille, setzt sie wieder auf und rümpft, wie sollte es auch anders sein, die Nase. Ob ihr dieser Tick bewusst ist?

»Da hast du dich getäuscht, es wird ein Junge«, erklärt sie und zeigt mit dem Finger auf eine Stelle des Bildschirms. Mein Herzschlag beschleunigt sich, das Kribbeln unter meiner Haut wird immer stärker und ich drücke Amys Knöchel aufmunternd. »Hier, seht ihr den Penis, Leute.«

Ich kneife die Augen zusammen und beuge mich über Amys Beine in Richtung Monitor, entdecke aber nichts als graue Masse.

»Erkennst du etwas?«, frage ich Amy, die konzentriert zum Bildschirm sieht und mit dem Kopf schüttelt.

»Sieht für mich aus wie *John Wayne* im Schnee.«

»*John Wayne* ist aber kein schöner Name«, rügt Kate und bewegt den Schallkopf weiter. Amy beißt sich auf die Lippen und legt sich eine Hand über die Augen, um ihr Grinsen zu verbergen. Klappt nur nicht, ihr Körper bebt vor Lachen.

Kate erklärt uns, dass der Kleine etwa zwölfeinhalb Zentimeter groß ist und 155 Gramm wiegt. Das ist noch immer weniger als mein Smartphone und dennoch ist er bereits ein winziger Mensch.

»Wisst ihr schon, was es wird, Leute?«, wiederholt Kate ihre Frage von vorhin und Amy und ich wechseln ungläubige Blicke.

»Ist das ein Scherz?«, necke ich, was jedoch an Kate abprallt.

»Lache ich?« Humorlos zeigt sie mit dem Finger auf eine Stelle des Bildschirms. Wie ein Déjà-vu. »Es wird ein Mädchen. Hier, definitiv kein Penis, Leute.« Amy und ich sehen uns an und prusten beide los. Das ist entweder die inkompetenteste Geburtshelferin der Welt oder sie darf ihren Beruf eigentlich nicht mehr ausüben. Aber egal, ob Mädchen oder Junge, das ist unwichtig. Viel wichtiger ist, dass Amy und ich beginnen, den Blick des anderen zu deuten, und anfangen, uns ohne Worte zu verstehen.

20. Woche

Ich greife nach der Speisekarte der Bar, blättere sie durch, ohne auch nur ein Wort zu lesen, und klappe sie wieder zu. Vielleicht hätte ich Mum besser ein anderes Mal treffen sollen, um ihr meine frohe Kunde mitzuteilen, und nicht am selben Tag, an dem ich es meinem Chef mitteile. Ich konnte ja aber nicht wissen, dass er so komplett anders reagiert, als ich es erwartete.

»*Überlegen Sie es sich in Ruhe, Miss Collins, so ein Angebot bekommen Sie nur einmal. Vor allem in Ihrer Situation*«, rufe ich mir seine letzten Worte ins Gedächtnis.

Nervös klopfe ich mit der Kante der Karte immer wieder auf den Tisch und sehe aus dem Schaufenster auf die Straße. Es ist regnerisch, wie so oft, und der Himmel dermaßen grau, dass es den Eindruck macht, es würde den ganzen Tag gar nicht richtig hell werden. Dennoch, Mister Willson hat nicht übertrieben. Sein Angebot ist wirklich einmalig und vor wenigen Wochen hätte ich nicht eine Sekunde gezögert. Vor wenigen Wochen war aber auch noch einiges anders, ich war nicht schwanger ... und es gab Calvin nicht.

Die Tür wird geöffnet, sodass der Verkehrslärm in die Bar dringt, und noch ehe ich sie sehe, weiß ich, dass Mum angekommen ist. Ich halte nach ihr Ausschau und da ist sie, in einem mausgrauen Kostüm – mit Hose selbstverständlich – und die Haare zu einem strengen Dutt gebunden. Wenn sie ihre Arbeitskleidung trägt, wirkt sie zehn Jahre älter, als sie eigentlich ist. Sie denkt, dass sie auf die Art Überlegenheit ausstrahlt und die braucht sie im täglichen Kampf als Anwältin, der ihrer Meinung folgend, männerdominiert ist. Wie so ziemlich alle Jobs, wenn es nach ihr geht. Bei den Truckern beschwert sie sich, dass es viel zu wenige Frauen gibt, die diesen Beruf ausüben, und handelt es sich um Friseure, bemängelt sie es genauso, nur eben umgekehrt.

»Amy«, sie kommt mit ausgebreiteten Armen auf mich zu, wodurch sich mein Magen noch etwas mehr zusammenzieht. Sie haucht mir links und rechts einen Kuss auf die Wange, setzt sich und winkt dem Kellner auf ihre typische Art zu, was mir unangenehm ist. Sie hat diese Angewohnheit, anderen Menschen immer das Gefühl zu geben, kleiner zu sein als sie.

Er nickt ihr zu und steht keine zehn Sekunden später an unserem Tisch.

»Das wurde aber auch Zeit«, rügt sie und schüttelt missbilligend den Kopf. Ich möchte mich ebenfalls schütteln, nur aus einem anderen Grund, und schenke ihm ein entschuldigendes Lächeln. »Ein *OGO* bitte«, ordert sie und atmet geräuschvoll aus.

»Mum!«

»Was denn?«

»Verzeihung«, mischt sich der Kellner ein und sie sieht zu ihm auf. Wie immer, wenn sie jemanden auflaufen lässt, kräuselt sie ihre Lippen und saugt jede Sekunde ihres eingebildeten Triumphs ein. »*OGO-Wasser*, haben Sie das?«

»Wir haben Wasser, aber ob das ogo ist, kann ich nicht sagen.«

Ich keuche ein Lachen heraus und versuche nicht einmal, es zu verstecken, was mir einen rügenden Blick von Mutter einbringt. Sie verdreht die Augen und wedelt mit der Hand in Richtung des Kellners, als würde sie eine lästige Fliege verscheuchen. »Dann nehme ich das.«

Er schaut zu mir, ob ich noch etwas möchte, aber ich winke mit Blick auf meinen koffeinfreien Latte macchiato ab.

»Warum machst du das?«, werfe ich ihr vor und sie sieht mich an, als hätte sie nicht die geringste Ahnung, was ich meine. »Kein Bistro in dieser Straße, nicht einmal in diesem Stadtteil hat dein beschissenes *OGO-Wasser*.«

»Mäßige deinen Ton, junges Fräulein.«

Ich presse die Kiefer aufeinander, sodass ich nichts erwidern kann. Ich fühle mich immer noch geohrfeigt, wenn sie mit diesem Junges-Fräulein-Ton kommt.

Sie legt ihre Hand auf meine und lächelt versöhnlich. »Lass uns nicht streiten, ich habe mich so darüber gefreut, dass du angerufen hast. Ich frage mich seitdem, was du wohl von mir möchtest.«

Augenblicklich dreht sich mein Magen, als würde ich in einer Achterbahn sitzen. »Kann ich dich nicht einmal anrufen, ohne etwas zu wollen?«

»Das könntest du, ja, aber du tust es nie.« Empört wendet sie sich in Richtung Bar und schnalzt mit der Zunge. »Wo bleibt der denn mit meinem Wasser? Es ist so typisch, kaum geht ein Mann einer Dienstleitung nach, die einst den Frauen zugeordnet war, bekommt er die leichtesten Aufträge nicht auf die Reihe.«

Ich lasse den Blick in dem überfüllten Lokal kreisen und ende bei Mums Gesicht. »Hast du dich hier mal umgesehen? Du bist nicht der einzige Gast.«

»Papperlapapp.« Wieder verscheucht sie die imaginäre Fliege und zieht eins ihrer verhassten Feuchttücher aus der Handtasche, um damit den Tisch abzuwischen. Auch so eine Angewohnheit, die sich dem Kind in mir in die Seele gebrannt hat. Notiz an mich selbst: Niemals kleines Fräulein zu meiner Tochter sagen und nie, wirklich auf gar keinen Fall diese ekelhaft nach Insektenspray müffelnden Feuchttücher mit mir rumschleppen.

»Nun, was erweist mir die Ehre?«

Ich rutsche auf der Bank hin und her und sehe aus dem Fenster, als wäre dort die Lösung zu finden, wie ich die Botschaft überbringe. Möglichkeit A: Ich druckse eine bis vier Stunden herum, um es dann letzthin doch zu sagen. Oder B: Ich haue es einfach frei raus.

»Ich bin schwanger.« Selbst erschrocken sehe ich zu Mum, offensichtlich habe ich Option B gewählt. Sie blinzelt hektisch, runzelt die Stirn zumindest in dem Maß, wie es ihre letzte Botox-Behandlung zulässt, und bewegt die Lippen wie ein Fisch, der nach Luft schnappt. Das ist gut, oder? Sie könnte auch diese theatralische Hand-aufs-Herz-legen-Nummer abziehen. Ich kann nicht genau sagen, wie oft ich als Kind den Satz von ihr hörte, dass ich sie noch mal ins Grab bringen werde. Nur ein paar Worte, leichthin ausgeplappert und doch mit so viel Gewicht für eine kleine Kinderseele.

Der Kellner kommt an den Tisch, knallt ihr das Wasserglas hin, sodass es überschwappt und verschwindet wieder. Doch Mum ist viel zu sehr in Gedanken, um sich zu echauffieren. Wie sie so dasitzt, mit ihren stramm gezogenen Augen und den schmalen Lippen, die vom Kräuseln der Jahre mit tiefen Fältchen ummantelt sind, erkenne ich das erste Mal ihr wahres Alter.

»Ich wusste gar nicht, dass es da jemanden gibt.« Ich schüttle fragend den Kopf und sie schiebt sich räuspernd die Ärmel des Blazers zurecht. »Nun einen Partner. Man sollte doch meinen, dass ich als deine Mutter wissen sollte, wenn es da jemanden an deiner Seite gibt, mit dem es derart ernst ist. Außerdem kannst du doch gar nicht …«

»Tja also …«, unterbreche ich und knete meine Hände. »Dem wäre auch so, *wenn* es da jemanden gäbe.«

»Soll das heißen?« Sie neigt den Kopf und sieht mich abschätzend an. Ja, komm schon Mum, du errätst es von allein. »Du hast eine künstliche Befruchtung machen lassen? Der Vater meiner Enkelin ist ein Gefrierpapi?« Ich bin nicht sicher, ob ihre Mimik Fassungslosigkeit oder Faszination widerspiegelt. »Ich wusste nicht, dass dein Wunsch nach einem Kind derart groß ist.«

»Mum, nein.« Ich stütze meinen Kopf in die Hände und schiebe sie in den Haaransatz hoch. »Es war ein One-Night-Stand.« Ich warte ab, zwei Sekunden, drei und wappne mich vor dem Orkan an Vorhaltungen, der da kommen wird. Als sie auch nach einer gefühlten Minute nichts sagt, sehe ich zu ihr auf und sie lächelt. Nein, sie strahlt. Langsam bekomme ich wirklich Angst.

»Schatz, das ist doch toll.« Sie springt auf und beugt sich über den Tisch, um mich zu umarmen. »Darf ich mal?« Ich starre sie an wie das Reh ins Scheinwerferlicht und lasse sie an meinem Bauch herumgrabbeln. »Man spürt sogar schon ein bisschen was.« Sie kommt um den Tisch und schiebt sich neben mich auf die Bank. »Wie weit bist du? Wird es ein Mädchen?«

Ich glaube. Ich stehe unter Schock, erkläre ihr aber, dass ich in der zwanzigsten Woche bin und nicht weiß, was es wird.

»Hoffentlich kein Penisträger«, sinniert sie und plappert wirres Zeug, dem ich nicht weiter zuhöre. Ich lege eine Hand auf meinen Bauch, als müsste ich die Bohne vor den Angriffen meiner Mutter schützen. Bennet sagt, das Baby kann uns inzwischen hören, und daher streichle ich behutsam über die kleine Kugel. »Hör nicht hin, was die böse Oma sagt. Mir ist egal, ob du einen Penis hast oder nicht.«

»Aber eins sage ich dir gleich, ich möchte nicht Oma genannt werden. Sie darf mich Olivia nennen.«

»Klar«, ich lache süffisant. »Es wäre schön, wenn du mich bald zu Calvins Eltern begleiten würdest. Wir finden, ihr solltet uns und euch kennenlernen.«

»Wer ist Calvin?«

»Der Vater des Babys.«

»Du sagtest doch, es sei ein One-Night-Stand gewesen? Ich dachte, wir ziehen die Kleine allein groß?«

Das fehlte auch noch. »Nein, Mum. Calvin und ich werden das Kind aufziehen, du bist die Oma. Und sollte ich je mitbekommen, dass du sie – oder ihn – auf irgendwelche Frauenrechtsdemos schleifst, werde ich mir auch das noch einmal ganz genau überlegen.«

»Sie könnte Schilder mit mir basteln, das hat dir immer viel Spaß gemacht.«

»Mum«, mahne ich, sodass sie einlenkt.

»Schon gut. Erzähl mir von diesem Penisträger.« Ich ziehe eine Augenbraue hoch und sie stößt lachend mit ihrer Schulter gegen meine. »Na gut, dann nennen wir ihn halt Calvin.«

Amy

25. Woche

Wir fahren im Schritttempo die lange Auffahrt aus Kieselsteinen entlang, die uns zum Haus von Calvins Eltern führen soll. Aber ist das wirklich die richtige Adresse? Das Gebäude erscheint in Blickweite, wobei Stadtvilla es wohl eher trifft.

»Sehr ostentativ«, rügt Mum vom Beifahrersitz und seufzt gekünstelt. »Muss man derart zwanghaft zur Schau stellen, was man hat? Oder sie haben eben gar nichts und tun nur so. Erlebt man ja immer wieder.«

Ich gehe gar nicht auf ihr Geschwafel ein und will meinen *Mercedes* gerade zum Stehen bringen, um die Adresse zu kontrollieren, als ich Calvins Wagen etwas abseits der Beleuchtung im Dunkeln ausmache.

»Dann sind wir hier wohl richtig.« Ich parke direkt neben Calvins Auto und überprüfe im Spiegel, ob meine Wimperntusche noch sitzt. Ungelenk wische ich meine schweißnassen Handflächen an der Jeans ab und atme bewusst tief ein. Eltern kennenlernen, ist immer eine heikle Angelegenheit. Man zeigt sich von der allerbesten Seite und hofft, dass sie einen mögen oder zumindest ertragen können. Schließlich wird man möglicherweise eine ganze Zeit miteinander auskommen müssen. Bei uns liegt es wie bei so vielem etwas anders, selbst wenn wir uns auf den Tod nicht ausstehen könnten, ist besiegelt, dass wir für den Rest unseres Lebens verbandelt sind, weil ich ihr Enkelkind unter dem Herzen trage.

Ich lege eine Hand auf meinen Bauch und versuche, meine Tochter – oder meinen Sohn – zu erspüren, aber da drin ist alles ruhig. Wenn es nach mir geht, könnte sie den ganzen Tag agil sein. Nur Calvin hat bisher nichts erfühlt, dafür sind die Bewegungen noch zu schwach. Doch Bennet sagt, es könne jeden Tag so weit sein. Ich streichele sanft über die kleine Wölbung und muss instinktiv lächeln.

»Wollen wir? Je eher wir hereingehen, desto früher können wir uns wieder verabschieden«, stichelt Mum und ich werfe ihr einen mahnenden Blick zu.

»Versuch, nett zu sein, ja? Mir zuliebe.«

»Bitte? Ich bin immer nett.«

»Sicher.« Ich schwinge mich aus dem Wagen und nuschle: »Sei einfach das Gegenteil von dem, was du sonst bist.«

»Das ist doch wohl ...« Mehr höre ich nicht, da die Tür zufällt.

Wow, wenn man direkt davorsteht, sieht der Altbau noch beeindruckender aus. Ich warte auf Mum, die zeternd aus dem Auto steigt, und wir gehen gemeinsam die Treppe zur beige verputzten Veranda hoch. Als wir auf der letzten Stufe ankommen, öffnet sich die Haustür und eine Frau mit silbergrau gesträhntem Haar betritt den Vorbau. Sie streckt die Hände nach mir aus und lacht dermaßen ehrlich, dass ich es erleichtert erwidere. Auf ihrer Wange erscheint ein Grübchen, wie Calvin es hat, und schon zieht sie mich in ihre Arme.

»Wir freuen uns ja so, dich endlich kennenzulernen, Amy. Ich bin Lana, Calvins Mum.« Keine Ahnung was genau, aber irgendetwas sagt mir, dass das nicht nur so dahergesagt ist.

»Ich freue mich auch sehr«, erwidere ich und stelle ihr Mum vor, die sich zumindest bemüht, freundlich zu sein.

»Kommt doch rein. Soll ich euch etwas abnehmen?«

»Ein bisschen zu herzlich, oder? Man kann es auch übertreiben«, nuschelt Mum, aber ich ignoriere sie.

Ich reiche Lana meinen Blazer und sie quiekt begeistert auf. »Man sieht ja schon richtig was.« Und patsch, die Nächste, die an meinem Bauch herumgrabbelt. Warum auch immer lächle ich und halte sogar extra still. Unbewusst scheint es mir bei ihr nichts auszumachen.

»Kommt mit durch, die anderen warten schon auf euch.«

Wir folgen ihr durch den pompösen Eingangsbereich nach rechts in ein Wohnzimmer, in dem lediglich eine braune Chesterfieldcouch steht und in der Ecke ein kleines Feuer im Kamin prasselt.

Calvin und Bennet stehen am Fenster und unterhalten sich, neben ihnen auf dem Sessel sitzt eine blonde, elfenhafte Frau und malt mit zwei Kindern in einem Malbuch. Das muss demnach Lauren sein. Als sie uns entdeckt, steht sie auf, doch ein Mann, der aus dem Nebenzimmer erscheint, kommt ihr zuvor.

»Hallo, ich freue mich sehr, dich kennenzulernen. Ich bin David ...«

»Calvins Vater«, beende ich wie in Trance den Satz und er nickt freundlich.

»Genau.«

Ich kann nicht anders, als ihn und Calvin im Wechsel anzustarren. Noch nie habe ich eine derartige Ähnlichkeit zwischen einem Vater und seinen Söhnen gesehen. Sie wirken wie eine perfekte Nachbildung voneinander, nur dass Davids Haare inzwischen ergraut sind und um seine Augen und den Mund mehr Falten liegen. Viele Lachfalten sind gut, oder? Sie zeigen, dass er ein freundlicher fröhlicher Mensch ist. Er sieht mir flüchtig auf den Bauch, als traue er sich nicht, genauer hinzusehen, und auch das ähnelt Calvins Art sehr.

Lauren kommt heran und nimmt mich in den Arm, als würden wir uns seit Ewigkeiten kennen. »Schön, dich kennenzulernen, ich habe bereits so viel von dir gehört.«

Ich möchte lieber nicht wissen, was genau sie damit meint, schließlich kann Bennet ihr lediglich von meiner immensen Zunahme und der Anatomie meiner Vagina berichten.

»Ist da das Baby drin?« Wir schauen zeitgleich herunter auf das blonde Mädchen, das sich an Laurens Pulloversaum festhält und auf meinen Bauch deutet.

»Ja genau, da ist das Baby drin.« Lauren streicht ihr die Haare aus dem Nacken. »Das ist Willow.«

»Hallo«, begrüße ich sie und zack, die nächsten Hände auf meiner Kugel, aber es sind die ersten Kinderhände. Willow fasst rechts und links an den Bauch und geht mit dem Gesicht ganz nah heran. »Hoffentlich bist du ein Mädchen, damit wir mit Puppen spielen können.«

David lacht und nimmt sie auf den Arm. »Auch ein Junge kann mit deinen Puppen spielen.«

Ich schiele zu Mum, die diesen Satz natürlich mitbekommen hat und zufrieden wirkt. Calvin stellt sich ihr mit Handschlag vor und bestätigt drei Mal oder mehr, wie sehr er sich freue, sie kennenzulernen. Mum lächelt ein mir unbekanntes Lächeln, beinahe schüchtern und erwidert seine schmeichelnde Begrüßung. Ha, so viel also zur männerhassenden Frauenrechtlerin. Kaum taucht ein *Matt-Bomer*-Verschnitt auf, der sie mit netten Worten einlullt, ist es bei ihr vorbei.

Lana stellt sich in den Türrahmen und winkt uns in den Nebenraum. »Wir können anfangen.«

»Hier steht also noch die Frau in der Küche«, raunt Mum und ich sehe sie tadelnd an.

»Hör auf damit.«

Bennet, der bis jetzt verhalten in der Ecke stand, nimmt mich kurz in den Arm. »Willkommen in der Familie.« Ich presse die Lippen zusammen – scheiß Hormone – und er verschwindet in den Flur.

Ich betrete das Esszimmer mit dem schätzungsweise sechs Meter langen Tisch aus dunklem Holz. Wen oder was erwarten die denn? Das aufgedeckte Essen reicht für mindestens zwanzig Leute.

»Den Anfang haben wir überstanden.« Calvin legt seinen Arm um mich, was ein Prickeln über meinen Rücken jagt. Ich will meinen Kopf an seine Schulter legen, weiß aber nicht, ob das in dieser Umgebung etwas zu innig wäre.

»Ja. Ich bin aufgeregt.«

Er stupst seine Nase an meine Schläfe und ich schließe kurz die Augen. Ein unkontrollierbares Kribbeln rollt über die Kopfhaut den Nacken herunter und entlädt sich zu einer warmen Eruption in meinem Bauch.

»Frag mich mal. Alles, was ich von deiner Mum weiß, ist, dass sie Männer als Penismenschen betitelt und sie möglicherweise Satan anbetet.«

Ich lache und er streicht mir mit den Fingerknöcheln über die Wange. Das sind diese Augenblicke, in denen wir immer wieder stecken bleiben, diese Sekunden, wenn ich das Knistern zwischen uns geradezu höre und der Drang, ihn zu küssen, übermächtiger wird als mein nicht beeinflussbares Sodbrennen. Warum lassen wir den Moment immer verstreichen? Ganz einfach, weil ich Angst habe, den Anfang zu machen, und es ihm mutmaßlich genauso geht. Vielleicht ist es auch besser so? Mein Chef und seine eindringlichen Worte schieben sich in mein Gedächtnis und mein Magen zieht sich unangenehm zusammen.

»Alles in Ordnung?«, hakt Calvin nach und während ich denke: Nein, ich muss mit dir reden, nicke ich.

Wir setzen uns, er links von mir, Mum rechts. Gegenüber an der langen Seite ist Platz für Bennets Familie, an den Kopfenden sitzen Lana und David und der andere Stuhl neben Calvin ist frei, obwohl eingedeckt ist.

»Erwartet ihr noch jemanden?«, flüstere ich und im selben Moment öffnet sich die Tür und Bennet betritt mit einer alten Dame an seinem Arm den Raum. Sie ist zwei Köpfe kleiner als er, geht leicht gebeugt und hat ihr feines

Haar in Wellen gelegt. Ihr Gesicht ist von tiefen Falten gezeichnet, ich schätze sie auf mindestens neunzig. Bennet bringt sie zu dem freien Stuhl, den Calvin ihr zurechtrückt und sie lässt sich darauf nieder. Sollte ich aufstehen, um mich vorzustellen? Sie nimmt mir die Entscheidung ab und streckt mir an ihm vorbei die Hand entgegen.

»Ich bin Adda, aber nenne mich ruhig Granny.«

Ich ergreife ihre zarte Hand mit den unzähligen Altersflecken darauf, suche ihren Blick und halte kurz die Luft an. Sie hat exakt die gleichen Augenfarben wie Calvin, eines in Wasserblau und eins in hellem Braun.

»Ich bin so froh, dass ich das noch erleben darf.« Ihre Augen füllen sich mit Tränen und sie klopft Calvin wie ein Handwerker auf die Schulter. »Da hast du ordentlich einen reingezimmert, mein Junge.«

Ich reiße die Brauen hoch, bin aber nicht sicher, ob ich sie richtig gehört habe. David spuckt hüstelnd den Schluck Wasser, den er gerade zu sich genommen hat, ins Glas zurück.

»Granny«, tadelt Lana und sieht sie mit verkniffenen Lippen an. Also hat sie doch gesagt, was ich verstanden habe? Calvin kann sich nur mit Mühe ein Lachen verkneifen und ich presse meinen Mund an seine Schulter, um nicht selbst in Gelächter auszubrechen. David erhebt sich peinlich berührt und bittet uns, anzufangen. Der Tisch ist mit so vielen Leckereien bestückt, dass ich nicht weiß, wo ich beginnen soll. Kalte Hackbällchen, da könnte ich mich derzeit reinlegen, und so fülle ich mir den Teller nur damit.

»Und habt ihr schon überlegt, wie die Geburt verlaufen soll?«, wendet sich Lauren über den Tisch an mich und zermatscht die Kartoffeln für ihren Sohn mit der Gabel.

»Typisch. Er frisst schon und sie muss das Essen für die Kinder zubereiten«, knurrt Mum und ich sehe sie warnend an, ehe ich mich Lauren zuwende.

»Wir waren bei dieser Geburtshelferin, die Bennet uns empfohlen hat. Aber ...«

Calvin lacht und zeigt mit der Gabel auf ihn. »Da musst du die werdenden Mütter hinschicken. Wenn sie vorher noch nicht verstört und verängstigt sind, nach dem Besuch sind sie es bestimmt.« Er berichtet von dem künstlichen Blut und als er bei der Bestimmung des Geschlechts ankommt, schlucke ich die durchgekauten Hackbällchen schnell herunter, um sie nicht wie eine Fontäne über den Tisch zu verteilen.

»Darf ich fragen, was Sie beruflich machen?«, wechselt Mum abrupt das Thema, sieht sich in dem großzügigen Esszimmer um und schaut dann zu Lana.

»Ich bin Krankenschwester«, antwortet sie frei heraus und lächelt ihrem Ehemann zu. »So haben David und ich uns kennengelernt.«

»Ach, Sie sind auch Pfleger?«

Ich ahne, worauf das hinausläuft.

»Ich bin Chefarzt des Krankenhauses, in dem Lana damals arbeitete. Nach unserer Heirat wechselte sie in ein anderes Hospital, da wir das Berufliche nicht mit dem Privaten vermischen wollten.«

»Aha.« Innerlich flehe ich Mum an, es damit gut sein zu lassen, und einen Augenblick lang glaube ich sogar, dass es funktioniert, bis sie Luft holt. »Ist es nicht ein Mysterium, dass Ärzte sich ausschließlich mit Krankenschwestern einlassen, nie aber mit Frauen, die ebenfalls Ärzte sind?«

Ich knirsche mit den Zähnen und fixiere das Besteck auf meinem Teller. Wieso kann sie es nicht einmal gut sein lassen? Könnte sie das Thema nicht wenigstens mir zuliebe einen Abend ausblenden?

»Fühlen Männer sich von Frauen, die ebenso erfolgreich sind wie sie selbst, bedroht? Können sie es nicht ertragen, wenn die Frau unabhängig ist und den Mann womöglich finanziell und auch intellektuell überflügelt?«

Lana lächelt, doch ich erkenne, dass es nicht so echt ist wie das bei unserer Begrüßung. »Wollen Sie damit andeuten, dass eine Krankenschwester es intellektuell nicht mit einem Arzt aufnehmen kann? Intelligenz hat meines Wissens nach nichts mit dem Grad der Ausbildung zu tun. Aber das muss ich Ihnen als Anwältin mit der Spezialisierung auf Frauenrechte sicher nicht erklären.«

»Das wird spaßig«, haspelt Granny und pikt ein gekochtes Ei auf die Gabel.

Es folgt ein kleiner Schlagabtausch, als würde ich beim Tischtennis zusehen – Ping, Pong, Ping, Pong. Ich kann mir nicht helfen, aber ich glaube, dass Mum Gefallen an Lana findet. Sie kann es halt nicht anders zeigen.

»Die Frau mit dem verbissenen Gesichtsausdruck hat recht. Viele Männer haben Angst vor Feministinnen«, mischt Granny sich ein, ohne aufzusehen. Lieber nimmt sie die ganze Servierplatte mit den gekochten Eiern und stellt sie vor sich auf den Teller.

»Ach ja? Und wie kommst du zu dem Entschluss?«, fragt David und stützt sich mit den Ellenbogen auf der Tischkante ab. Ich schiebe mir ein weiteres Hackbällchen in den Mund, als Grannys Antwort kommt.

»Ist doch vollkommen klar. Eine Emanze freut sich nicht, wenn der Mann es ihr gnädigerweise ordentlich besorgt, sondern erwartet es.«

Ich schlucke, wobei ein Krümel in die falsche Röhre kommt, und huste hektisch. Tränen schießen mir in die

Augen und Calvin springt auf, um mir auf den Rücken zu klopfen.

Mum schlägt mit einem Krachen auf den Tisch und jubelt. Typisch. Sie feiert die verdorbene alte Lady, während ich hier verende. Calvin drischt immer noch andauernd auf dieselbe Stelle ein.

»Läuft das schon unter häuslicher Gewalt?«, nuschelt Bennet mit vollem Mund, kaut aber ungerührt weiter.

»Kommt das Baby?«, fragt die kleine Willow mit glockenheller Stimme und ich muss lachen, obwohl ich nach wie vor huste. Irgendwann räuspere ich mich und halte Calvin davon ab, mich weiter zu traktieren. »Danke, es geht schon.«

»Du solltest nicht so schlingen«, stellt er fest und setzt sich wieder. Wie bitte?

»Soll das heißen, ich fresse zu viel oder was?«

»So habe ich es auch verstanden«, wirft Granny ein, was mich beinahe schmunzeln lässt, funkle Calvin aber weiterhin an.

»Ich wollte damit nur andeuten, dass dir keiner etwas wegnimmt. Zudem ist auch genug von allem da.«

»Calvin?«, mischt Bennet sich ein und der bejaht, ohne den Blick von mir zu nehmen, der mindestens genauso aufblitzt. »Am besten du bleibst jetzt still.«

Er taxiert mich und wägt ab, ob er tatsächlich nichts mehr sagt oder ganz bewusst weiter triezen wird. Unwillentlich erschauere ich unter der Eindringlichkeit seines Blickes und schlucke. Meine Brustwarzen pressen sich gegen die Schalen des BHs und ich rutsche kribbelig auf dem Stuhl herum, um mich von dem Pochen meiner Klitoris abzulenken. Ich fasse es nicht, erregt mich das etwa?

»Sie hat dich schon heute bei den Eiern, wie ich seinerzeit euren Grandpa«, schwadroniert Granny unbeirrt weiter und David schnappt nach Luft.

»Mum, das ist wirklich unangebracht, wir haben Gäste. Es tut mir wahnsinnig leid«, wendet er sich an Mum und mich. Die ist jedoch vollkommen begeistert und feuert Granny an.

»Erzählen Sie uns doch davon.«

»Sie müssen wissen, mein William und ich haben uns in einer Zeit kennengelernt, in der Frauen noch nicht viel zu melden hatten, aber bei uns war es von Beginn an anders. Ich habe schnell herausgefunden, wie ich mich durchsetzen konnte. Auch wenn es außerhalb unserer Wände niemand wusste, ich habe in den sechzig Jahren unserer Ehe kein einziges Mal gekocht.« Sie lächelt bei dem Blick in die Vergangenheit und wippt mit dem Kopf.

»Und wie konntest du dich durchsetzen, Granny?«, erkundigt Lauren sich und nippt an ihrem Wein.

»Oh bitte nicht«, stöhnt David und vergräbt sein Gesicht in den Händen.

»Mit einem gut trainierten Beckenboden«, antwortet sie trocken und schiebt sich ein halbes Ei in den Mund.

Calvin und Bennet tauschen Blicke, hauen mit der flachen Hand auf den Tisch und grölen gleichzeitig los.

»Ich kann mich nur ebenfalls für meine Schwiegermutter entschuldigen«, wirft Lana ein und schaut Granny böse an. »Normalerweise redet sie nie so.«

»Was ist ein Beckenboden, Granny?« Willow sieht sie interessiert an, die sich direkt ein wenig aufrichtet.

»Das ist ...«

»Nicht so wichtig«, mischt Bennet sich ein und hält Willow die Ohren zu.

»Und ich habe mir Sorgen gemacht, dass meine Mutter den Abend sprengen könnte«, nuschle ich vor mich hin und greife nach dem nächsten Hackbällchen.

»Ja, iss doch noch was. Noch etwas mehr vielleicht?«, stänkert Calvin und schaufelt mir weitere drei Löffel auf den Teller. Ich starre ihn sprachlos an und spüre das Puckern der Vene in meiner Schläfe. Bennet zieht sich die Hand über den Hals und grinst so verbissen, als müsse er dringend auf die Toilette, hätte aber Verstopfung.

»Um auf den Ausgang des Gesprächs zurückzukommen, weißt du schon, wie du gebären möchtest?«, lenkt Lauren ein und sieht mich abwartend an. »Hast du eigentlich Angst vor der Geburt? Also meine waren der absolute Horror, beide. So viel Blut und die reinste Folter, ich habe nie wieder solche Schmerzen gehabt. Als würde es dich zerreißen und das tut es ja irgendwie auch. Mein Dammriss wurde zwar vernäht, aber es hat Wochen gedauert, bis er verheilt war.«

Meine Nackenhaare stellen sich auf und ein Augenlid zuckt unkontrollierbar. Bennet stupst Lauren mit dem Ellenbogen an und schüttelt kaum merklich den Kopf, doch sie ist so in Rage, dass sie es gar nicht mitbekommt.

Sie sieht sich prüfend um und neigt sich dann etwas über den Tisch zu mir herüber. »Und unter uns, an Sex ist da eine ganze Weile nicht mehr zu denken. Nicht nur wegen der Narbe, sondern wegen der zerschundenen … Du weißt schon.« Nein, ich fürchte, ich weiß es nicht und will es auch gar nicht wissen. »Es ist grausam, als würde dein Körper nicht mehr dir gehören und so sehr ich meine Kinder selbstredend liebe, wenn sie dann an meinen rissigen, teils blutenden Brustwarzen gesaugt haben – ich saß still da und weinte.«

»Oh Gott, das hört sich grauenvoll an.« Ich erschauere und möchte mir am liebsten schützend an die Brüste fassen.

»Es klingt nicht nur so, das ist es auch. Vergiss alles, was du in diesen Hochglanzmagazinen liest, sie lügen. Und dann kommt dein Mann abends von seinem ach so stressigen Arbeitstag nach Hause und beneidet dich, weil du ja den ganzen Tag zu Hause bist.« Sie lacht höhnisch und alle sehen schockiert zu ihr. Selbst Bennet hat das in der Form offenbar noch nicht gehört.

»Das absolute Klischee«, bestätigt Mum. Kann sie nun endlich mal den Mund halten?

»Du solltest deinen Beckenboden trainieren, Liebes«, faselt Granny dazwischen.

Ich beiße mir auf die Lippen, um nicht laut zu lachen, selbst David muss inzwischen schmunzeln. »Danke für diesen konstruktiven Beitrag, Mum.«

»Meine Beiträge sind vielleicht nicht konstruktiv oder in schöne Worte gepackt, aber sie kommen von Herzen. Natürlich ist nicht immer alles immer so idyllisch, wie sie es uns in den Zeitungen verkaufen. Aber nichts wird jemals auch nur annähernd die Emotionen in dir auslösen wie dein Kind, wenn es dir zum ersten Mal bewusst sein zahnloses Lächeln schenkt oder du abends völlig übermüdet an dessen Bettchen stehst und seinem Atem lauschst.« Im Raum ist es so still, dass man das zündelnde Feuer des Kamins im Nebenzimmer knistern hört, und ich schlucke gegen den Kloß im Hals an. Verdammte Hormone.

David erhebt sein Glas. »Das waren überraschend schöne Worte, Mum«, sagt er mit einem Lächeln in Grannys Richtung und eine Sekunde ist die Liebe zwischen ihnen geradezu greifbar. »Amy und Calvin, wir haben hier einen sexistischen Arzt, der sich eine Krankenschwester zur Frau genommen hat, eine übertriebene Emanze und eine Uroma, deren Beckenboden wir überhaupt zu verdanken haben, dass es diese Familie gibt. Wenn ihr denkt, euer Ausgangspunkt sei nicht ganz üblich, dann passt ihr perfekt hierher. Ich bin sicher, für alle zu sprechen, dass wir uns sehr über dieses kleine Wunder freuen und es kaum erwarten können, sein erstes zahnloses Lächeln zu sehen.«

Witzig, offenbar denkt auch David, dass es ein Junge wird. In meinem Bauch gluckert es und ich grapsche nach Calvins Hand, um sie daraufzulegen. Die Bewegung ist so deutlich, er muss sie einfach spüren.

»Darauf trinke ich«, grölt Granny und prostet ihrem Sohn zu. Wie in weiter Ferne höre ich Mum, die tatsächlich und ehrlich lacht, wobei sie sich mit David und Lana auf das Du einigt. Aber alles, was ich wirklich wahrnehme, sind die Tränen in Calvins Augen und sein Daumen, der über meinen Bauch streift – endlich fühlt auch er die Kindsbewegung.

Calvin

»Tja, also …« Ich sehe zu meinem Auto an der Straße und zur Haustür, neben der wir stehen. Weil es so spät wurde, habe ich Amy hergebracht und ihre Mum ist mit ihrem Wagen nach Hause gefahren. Sie könnte mich ja eigentlich bitten, noch mit hochzukommen. Aber was dann? Beinahe muss ich lachen, schließlich ist in den letzten Wochen nichts zwischen ihr und mir passiert, doch jetzt ist irgendetwas anders. Sie knabbert an ihrer Unterlippe und ich erkenne im schwachen Schein der Lampe, dass sie zittert. Das Licht geht aus, bereits zum dritten Mal und ich winke ins Dunkel, um den Bewegungsmelder erneut zu aktivieren.

»Calvin?« Sie kommt näher und greift nach dem Kragen meiner Jacke.

»Ja«, krächze ich und mein Blick landet wieder auf ihren Lippen.

»Wie lange wollen wir noch hier draußen stehen bleiben?«

»Ich habe keine Ahnung.« Ich wippe von einem auf den anderen Fuß. Seit wann bin ich ein derartiger Schisser?

Irgendwann zwischen unserer ersten Nacht und heute muss ich meine Eier verloren haben.

Sie lächelt, senkt den Blick auf meine Brust und lässt dann von mir ab, um die Tür aufzuschließen. Ohne ein weiteres Wort greift sie nach mir und zieht mich in den Hausflur. Wir steigen die Stufen zu ihrer Wohnung hinauf und jeder unserer Schritte hallt überlaut von den kahlen Wänden zurück. An ihrer Wohnungstür angekommen, öffnet sie auch diese und dreht sich zu mir herum, als sie den Flur betritt. Ihr schüchternes Lächeln lässt sie noch schöner wirken. Meine Haut kribbelt verlangend und ich streiche mir über die Arme, um das Gefühl zu vertreiben.

»Calvin?«

Ich muss lachen und fahre mir angespannt durch die Haare, weil ich nicht weiß, wohin mit meinen Händen. Oder warte? Ihr ist aber nicht plötzlich eingefallen, dass ich doch lieber gehen soll?

»Ja?«, frage ich zögerlich und dränge mich an ihr vorbei in die Wohnung. Sicher ist sicher. Wenn ich erst mal drin bin, schmeißt sie mich vielleicht nur ungern direkt wieder raus.

»Ich habe seit einigen Wochen ein Problemchen. Ob du mir dabei helfen kannst?«

Na toll, was kommt nun? Undichter Wasserhahn. Verstopfter Abfluss? Ich schiebe die Hände in die Hosentasche. »Klar, was denn?«

Sie zieht wieder ihre Unterlippe zwischen die Zähne und weicht meinem Blick aus, wobei sie die Tür zuwirft. Sie grient und kommt an mich heran. »Meine Libido spielt verrückt.«

Meine Augenbrauen schießen in die Höhe und ich stehe da wie ein paralysiertes Wiesel. Sie zieht den Blazer aus und lässt ihn achtlos zu Boden fallen. »Um es mit den Worten deiner Granny zu sagen, fordere ich als Feministin das Recht ein, dass der Mann es mir ordentlich besorgt. Denkst du, dass du das schaffst?«

Meine Haut kribbelt, als würden Millionen von Ameisen darüber laufen. Grinsend greife ich um ihre Arme und presse sie rücklings an die Haustür. Amy schnappt überrascht nach Luft und sieht mir auf den Mund, während sich ihrer leicht öffnet.

Alles an ihr schreit, dass ich sie endlich küssen soll, sodass ich ihr Gesicht mit den Händen umfasse und mich zu ihr hinunterbeuge. Ihre Lippen sind genauso warm und weich, wie ich sie in Erinnerung habe. Fragend, beinahe schüchtern trifft ihre Zunge auf meine und Amy sinkt in meine Arme.

»Du hast keine Ahnung, wie oft ich davon geträumt habe.« Ich küsse über ihren Kiefer bis zum Ohr hinauf und inhaliere ihren einnehmenden Duft. »Und du willst nicht wissen, was ich tat, wenn ich daran dachte.« Amy lacht und schiebt ihre warmen Finger unter mein Shirt, sodass ich reflexartig erzittere.

»Woran hast du noch gedacht?«

»Daran, dass ...«

»Nein!« Sie legt einen Finger an meine Lippen und zieht mir mit einem Ruck das Shirt über den Kopf. »Ich möchte nicht, dass du es mir erzählst, ich will, dass du es mir zeigst.«

Ich sehe an ihr herunter, auf die Wölbung ihres Bauches, der inzwischen unübersehbar ist. Erstmals kann ich Männer verstehen, die Angst haben, mit ihrer schwangeren Partnerin zu schlafen. Natürlich ist das Quatsch, aber wer will schon, dass sein Schwanz ununterbrochen gegen Juniors Haustür rammt?

»Calvin?«

»Ja?«

Dieses Mal ist es Amy, die lacht und beginnt, sich die Bluse aufzuknöpfen. »Zeigst du es mir jetzt, oder nicht?« Sie kneift ihre Knie zusammen. Ich könnte mich zurückhalten und doch bettelt alles an ihr, dass ich sie berühre. Und verdammt ja, ich will unbedingt ihre Haut unter meiner spüren. Ungelenk übernehme ich das Aufknöpfen ihrer Bluse, doch meine Finger zittern wie verrückt. Soll ich? Schulterzuckend reiße ich sie auf und die Knöpfe prasseln klirrend zu Boden. Heilige Scheiße! Mein Blick saugt sich an jedem Millimeter freigelegter Haut fest und bleibt an der weißen Spitze ihres BHs hängen. Die sind deutlich gewachsen.

»Ich weiß nicht, ob das deinen Vorstellungen eines romantischen Kennenlernens wirklich gerecht wird«, murmle ich und fahre mit den Fingern am Rand des zarten Stoffes entlang.

Sie nickt und schüttelt den Kopf gleichzeitig. »Doch, genau so habe ich es mir vorgestellt.«

Ich lächle und beobachte fasziniert, wie sich eine Gänsehaut über ihre Brüste zieht. »Du bist eine schlechte Lügnerin«, rüge ich und ziehe die Cups herunter. Ich warte auf Gegenwehr, die jedoch ausbleibt, und umfasse ehrfürchtig ihre volle Oberweite, wobei ich mit dem Daumen über ihren Nippel streiche. Sie seufzt und ich suche ihren Blick, der dunkler geworden ist. Alles an ihr ist pure Verführung und ich weiß nicht, welchem Körperteil ich mich zuerst zuwenden will. Kurz entschlossen beuge ich mich herunter und lecke über ihre Brustwarzen, die sich hart aufgerichtet haben, und Amy stöhnt laut auf. Bereits dieses Geräusch reicht aus, um mir wie ein Stromschlag durch die Venen zu jagen und in meinem schmerzhaft pochenden Schwanz zu enden.

»Das tut weh«, japst sie und ich rücke erschrocken zurück. »Und ist gleichzeitig so gut. Mach weiter!«

Ihre Nippel haben sich hart zusammengezogen und recken sich mir bettelnd entgegen. Während ich einen in den Mund sauge, zwirble ich den anderen zwischen den Fingern und Amy krallt ihre Hand so sehr in mein Haar, dass es schmerzt. Je fester ich zudrücke, desto mehr windet sich ihr Körper und ich spüre die ersten Tropfen bereits in meiner Hose landen.

Ich liebkose grinsend die Haut ihres strammen Bauches und gehe vor ihr auf die Knie. Sachte schiebe ich den breiten Gummibund der Umstandshose über ihre Hüften nach unten, von wo aus sie selbst zu Boden rutscht, und werfe sie beiseite. Amys Fingerspitzen streicheln sanft über meine Unterarme, als ich mit den Händen seitlich an ihren Oberschenkeln nach oben fahre und mich wieder aufrichte.

Sie seufzt leise und lässt den Kopf an das Türblatt hinter sich fallen, als ich mit den Fingern den Bund ihres Höschens entlangfahre.

»Gott, du bist so wunderschön«, raune ich ihr ins Ohr und schiebe meine Hand in den Slip zwischen ihre Schenkel und erfühle die Nässe.

Halt suchend krallt sie ihre Fingernägel in meine Schultern, als meine Finger durch ihre Spalte gleiten, und keucht betörend. Bettelnd drängt sie sich mir entgegen und meine Hoden ziehen sich zusammen. Ich stöhne leise, sie kommt noch näher und küsst mich. Sofort schiebt sie ihre Zunge in meinen Mund, inzwischen gar nicht mehr schüchtern. Amy ist fordernd, beinahe grob und ich glaube, jeden Moment in der Hose zu kommen.

Endlich dringe ich mit einem Finger in sie ein, was sie qualvoll schön zum Stöhnen bringt. Gierig nach mehr davon nehme ich einen weiteren dazu und reibe mit dem Handballen über ihre geschwollene Klitoris. Keinen Schimmer, was sich stärker bewegt, sie, die sich an mir reibt, oder ich. Gänsehaut überzieht mich, als wir bei den wilder werdenden Bewegungen immer wieder gegen meinen pulsierenden Schwanz stoßen. Was löst diese Frau nur in mir aus?

Willig knie ich mich erneut vor sie und ziehe dabei ihr Höschen herunter. Sofort vernebelt mir ihr betörender Duft die Sinne. Zaghaft streiche ich mit der Zunge erstmals über ihre Klitoris und sie ringt um Luft.

Zeitgleich geht das Licht im Hausflur an, das durch das Milchglas der Wohnungstür scheint.

»Warte«, bittet Amy und versucht, sich mir zu entziehen, doch ich umklammere ihre Schenkel, presse mich noch näher an ihre Mitte. »Himmel.«

»Miss Collins?« Das klingt nach der neugierigen Nachbarin.

»Calvin, hör auf!« Ich umrunde mit der Zunge ihre Klit und wieder lässt sie den Kopf an das Türblatt fallen. »Nein, hör doch nicht auf.«

Nur Sekunden später zucken ihre Beine und ihr Stöhnen wird unkontrollierter. Ohne den Blick von ihr zu nehmen, umschließe ich ihre Klitoris und ziehe sie zwischen die Lippen. Erst vorsichtig, dann immer schneller, bis ich ihre Hand am Kopf spüre, die mich zwingt weiterzumachen.

»Alles in Ordnung da drin?«, kommt es wieder aus dem Flur, gefolgt von einem Trommeln an die Tür. Ich sauge stärker, merke, wie ich selbst dem Orgasmus immer näher komme, obwohl Amy mich nicht einmal berührt.

Sie krallt sich an den Türgriff, in mein Haar und keucht laut auf.

»Es ist alles gut, jaaaa«, ruft oder stöhnt sie zur Antwort und kommt dann durch meine Zunge, was mich selbst zum Explodieren bringt.

Sekunden später, die wie Minuten erscheinen, lässt sie sich mit dem Rücken an der Tür zu mir herunterrutschen und zieht mein Gesicht zu sich heran. »Das war ...« Ihr Puls geht so schnell, dass ich ihn an ihrem Hals pulsieren sehe.

»Habe ich es dir besorgt?«, frage ich schmunzelnd und sie wirft lachend den Kopf in den Nacken.

»Vorerst. Du hast eine halbe Stunde, um dich zu erholen.«

Ich streiche ihr eine Haarsträhne aus der schweißbedeckten Stirn und versuche, mir jedwede Lachfalte, jeden Millimeter ihres Gesichts einzuprägen. Dad und seine Worte, die er vor etlichen Jahren zu Bennet und mir sagte, schieben sich in meine Gedanken. *»Es lässt sich nicht erklären. Da sind einfach ein übermächtiges Gefühl und die seelenruhige Gewissheit, dass sie die Richtige ist.«*

Dieses Lachen, und dass ich dafür sorgen will, dass Amy nicht aufhört, es mir zu schenken ... Ja, das ist es, seelenruhige Gewissheit.

Amy

Zwei Tage später

Ich zwinge mich, die Augen geschlossen zu lassen, und halte stille Zwiesprache mit meinem Untermieter: Nein, ich will noch nicht aufstehen. Ich entscheide, wann wir auf Toilette gehen. In einem der beiden Erziehungsratgebern, die ich inzwischen gelesen habe, steht, dass man nicht früh genug damit anfangen kann.

Uhh, es ist aber schon recht dringend. Seufzend schlage ich die Augen auf und sehe an eine graue Wand.

Sofort sickert Erkenntnis in mich. Ich bin bei Calvin. Das gesamte Wochenende sind wir nur ein einziges Mal aus dem Bett gestiegen und das, um hierher in sein Haus zu fahren, damit er sich frisch machen kann. Automatisch grinse ich euphorisch und drehe mich zu ihm herum. Er liegt mit dem Gesicht zu mir und hat eine Hand unter seiner Wange, wodurch der Mund irgendwie schief aussieht. Doch selbst das kann seiner Attraktivität nichts anhaben. Mum hat recht, es ist unfair. Ich mutiere zur übergewichtigen Schönheitsmikrobe und er? Ich streiche ihm eine Haarsträhne aus der Stirn und jede meiner Fasern zieht es zu ihm. Ich möchte mich an ihn schmiegen, seinen leisen Atemzügen lauschen und seinen Geruch einsaugen. Unwillkürlich lächle ich und das Herz geht mir auf.

Aber die Natur fordert ihr Recht nur noch drängender. Okay, vielleicht verschiebe ich das mit den erzieherischen Maßnahmen noch ein wenig.

Vorsichtig, um Calvin nicht zu wecken, steige ich aus dem hohen Bett und ziehe die Decke mit mir, um mich darin einzuwickeln. Auf Zehenspitzen tippele ich durch das Zimmer.

Ich trete in den Flur und an das Geländer heran, über das ich in den Eingangsbereich hinuntersehen kann. Hier oben war ich noch nie und auch gestern habe ich weniger auf die Strukturtapete geachtet als auf Calvin ...

In meiner Mitte zieht es verlangend und ich kneife die Beine zusammen. Lassen wir das.

Da unten nur ein kleines Gästebad ist, muss hier oben hinter einer der drei Türen ein Bad sein. Kurzerhand öffne ich die erste und habe Glück. Im Gegensatz zum Rest der Einrichtung ist der Raum hochmodern und schließt den Charme des Hauses komplett aus. Ich gehe auf die Toilette und stelle mich danach an den Waschtisch, der sich über die gesamte Breite der Wand zieht. Lächelnd drehe ich mich zur Seite, lasse die Bettdecke zu Boden fallen und fahre mir über den Bauch.

Ein gedämpftes Klingeln dringt in den Raum und ich halte die Luft an, um zu lauschen, ob ich wirklich etwas höre. Mein Telefon. Ich raffe die Decke an mich, reiße die Tür auf und flitze über die Galerie, die Treppe hinunter. Suchend tastet sich mein Blick durch den Korridor. Wo ist die Tasche? Das Läuten wird deutlicher, ich immer hektischer und auf der letzten Stufe stoße ich mir den Zeh.

»Verdammt!« Shit, das tut weh. Jammernd rubbele ich meinen kleinen Zeh, der sich anfühlt, als sei er drei Mal gebrochen. Humpelnd, teils hüpfend und mit zusammengebissenen Zähnen finde ich die Tasche gegenüber der Haustür. Wild wühle ich nach dem Smartphone. Wer auch immer da anruft, es scheint wichtig zu sein. Kein Mensch lässt so lange klingeln.

Da ist es.

»Hallo?«

»Miss Collins?« Fuck. »Hier spricht Edgar Willson. Ich kontaktiere Sie, weil ich eine Entscheidung brauche. Ich verstehe, dass diese in Ihrer momentanen Lage nicht leichtfallen dürfte, dennoch kann ich leider nicht länger warten.«

Ein kalter Schauer überkommt mich und ich stakse zur Treppe zurück, um mich auf die Stufen zu setzen. Mein Herz trommelt so heftig gegen die Rippen, dass ich glaube, sie zerspringen jeden Augenblick, und ich sacke in mich zusammen. Das war immer mein größter Traum, davon habe ich all die Jahre geträumt und nun bietet sich mir die Chance auf dem Präsentierteller. Ich muss nur zugreifen. Fröstelnd ziehe ich die Decke fester um mich, wobei mir Calvins Geruch in die Nase steigt und seine Worte der letzten Nacht mir in den Sinn kommen. Wie er mir vor dem Einschlafen monoton über den Rücken streichelte und unsere Zukunft voraussagte.

»Ich würde sagen, wir halten uns ganz gut an dein Schema. Wir lernten uns kennen, haben festgestellt, dass wir uns ganz sympathisch sind und uns näher kennenlernen wollen.«
»Und ist es nur ein vorübergehendes Liebesabenteuer oder etwas Ernstes?«, frage ich und weiß noch genau, was ich an dem Abend weiteres aufzählte.
Calvin zieht mich fester an sich heran und gibt mir einen Kuss auf den Scheitel, sodass ich die Augen schließe.
»Das ist mir Antwort genug«, wispere ich und hauche ihm einen Kuss auf die Brust.
»Denkst du ... kannst du dir vorstellen, irgendwann hier zu wohnen? Mit mir?« Der nächste Punkt auf der Liste.

»Hier wohnen schon. Aber mit dir?«, scherze ich und er schnappt empört nach Luft. Kitzelnd drängt er mich auf den Rücken und ich bettele ihn lachend an. »Hör auf, ich mache alles, was du willst.« Er ragt über mir auf und ich sehe ihn noch immer kichernd an. »Ja. Ja, das kann ich mir vorstellen.«

»Miss Collins?«, ruft Willson sich in Erinnerung und ich schüttle die Gedanken ab.

»Ich nehme Ihr großzügiges Angebot gerne an«, gebe ich zurück und bei den letzten Worten bricht meine Stimme.

»Sehr schön, dann mache ich die Papiere zur Vertragsunterzeichnung soweit fertig«, erwidert er und legt ohne weitere Worte auf.

Ein Schluchzen baut sich in mir auf und ich presse gerade noch rechtzeitig die Hand auf den Mund, ehe es aus mir herausbricht. Ich erfülle mir einen Traum, ach, was sage ich. Nicht einen, sondern den Traum überhaupt. Warum fühlt es sich dann so an, als würde mich jemand von hinten umklammern und mir langsam die Luft abdrücken?

Keine Ahnung, wie lange ich hier sitze, als ich Calvins Hand auf meinem Rücken spüre. »Hey, was machst du denn hier? Habe ich etwa geschnarcht?«

Ich schüttle den Kopf und muss sofort wieder gegen die Tränen anschlucken. »Nein. Nein, du hast nicht geschnarcht.« Ich ringe mir ein Lächeln ab, doch er zieht kritisch die Augen zu schmalen Schlitzen zusammen. So gut kennt er mich nun schon, dass er weiß, wann ich ihm etwas vormache.

Er greift nach meiner Hand und zieht mich zu sich hoch. »Möchtest du erst eine Kleinigkeit essen, oder soll ich dir sofort etwas zeigen?«

»Komische Frage, wie soll ich da schon ans Essen denken.«

Er lotst mich die Stufen wieder hinauf und stößt die Tür neben seinem Schlafzimmer auf. Ich werfe einen Blick hinein und bleibe stehen.

»Hübsch und so leer.« In dem Raum befindet sich rein gar nichts, nicht einmal eine Tapete klebt an den Wänden. Aber Calvin lächelt.

»Sei doch nicht so ungeduldig.« Er geht weiter und ich folge ihm, als ich es sehe.

Sprachlos schaue ich zwischen ihm und dem weißen Babybett hin und her. Genauso, wie ich es liebe, ist es barocktypisch kitschig verschnörkelt. Ich löse mich von ihm und lasse die Fingerspitzen über das weiße Holz gleiten. Erst auf den zweiten Blick erkenne ich einige Kerben und Druckstellen, das Bett ist definitiv nicht neu.

»Das ist meins.« Ich sehe zu Calvin, der sich nervös im Nacken kratzt. Automatisch sauge ich seinen freien Oberkörper und die dezenten Muskeln auf, die bei der Bewegung unter seiner Haut tanzen. »Oder es war einmal mein Bett, früher. Gefällt es dir?«

Ich muss schlucken und wende schnell den Blick ab, damit er nicht sieht, dass mir erneut Tränen in die Augen steigen. Verdammte Scheißhormone, noch verfluchtere Heulerei! Ohne ihn anzusehen, nicke ich und streiche weiter über die Gitterstäbe, als er mich von hinten umarmt, was die Schleusen nur weiter öffnet.

Was mache ich da? Was tue ich ihm damit an? Was tue ich unserem Kind an? Und zu guter Letzt, was tue ich mir an?

»Eigentlich hatte ich vor, dir das Zimmer erst zu zeigen, wenn es komplett fertig ist. Aber ich möchte doch lieber mit dir zusammen entscheiden, wie es aussehen soll.« Er küsst mich sanft im Nacken, was schlagartig jedes Haar an meinem Körper aufstellt, und legt sein Kinn auf meine Schulter. »So machen das die ganz normalen Eltern doch, oder? Sie entscheiden alles, was das Kind betrifft, zusammen – wie eine Familie.«

Ich wimmere laut auf, wirble zu ihm herum und vergrabe mein Gesicht an seiner Brust.

»Was ist denn? Habe ich was Falsches gesagt?« Ich spüre am Kopf, dass er sich hilflos umsieht. »Wir müssen es nicht nehmen und können auch ein Neues besorgen.«

Kopfschüttelnd löse ich mich von ihm. Ich möchte ihn so gerne weiter umklammern, um Halt an ihm zu finden, habe jedoch Angst, dass er mich gleich von sich stoßen wird.

»Das ist es nicht, ganz im Gegenteil. Du bist so wunderbar, aber …«, meine Stimme bricht und ich japse nach Luft. »Ich muss dir etwas sagen.«

Calvin

Amy versucht, meinem Blick auszuweichen, wobei ununterbrochen Tränen über ihre geröteten Wangen laufen.

»Amy, was ist denn?« Mein Puls überschlägt sich und Schweiß bricht mir aus. Panisch sehe ich an ihr herunter, suche irgendein Anzeichen, was sie dermaßen aus der Fassung bringt.

»Ich ... ich werde nach New York ziehen.« Sie wimmert so laut, dass ich nicht sicher bin, ob sie wirklich gesagt hat, was ich glaube, verstanden zu haben. Doch unbewusst weiß ich es. Ich lasse sie los und hole tief Luft, doch es kommt nicht genug in meinen Lungen an. Es ist, als würde mich von hinten jemand umarmen und meinen Brustkorb immer weiter zusammendrücken.

»Was?«, flüstere ich so leise, dass ich nicht sicher bin, ob sie es gehört hat, und weiche von ihr zurück.

»Als ich meinem Chef von der Schwangerschaft erzählt habe, hat er mir das Angebot gemacht. Die Filialen dort zu übernehmen, war immer mein Ziel, ich habe jahrelang nur darauf hingearbeitet.«

Kopfschüttelnd schaue ich zu Boden und Galle steigt mir in die Speiseröhre. Mein Hals wird eng und ich schlucke gegen den Drang an, mich zu übergeben. »Du weißt es seit zwei Wochen?« Ich erkenne meine Stimme kaum wieder, sehe in ihr Gesicht, auf die rot umrandeten Augen.

»Ich war mir nicht sicher, ob ich überhaupt zusage. Darum habe ich dir nichts gesagt. Calvin bitte, versuche, mich zu verstehen.« Sie kommt auf mich zu, überbrückt den Abstand zwischen uns und will nach meiner Hand greifen. Angewidert entziehe ich mich ihr.

»Seit wann weißt du es?«

Ihre Kiefermuskeln spannen sich an und sie streicht sich über die nackten Oberarme.

»Seit wann?«, presse ich durch zusammengebissene Zähne und sie weicht meinem Blick aus.

»Er hat vorhin angerufen, ich musste eine Entscheidung treffen.«

Heute Morgen? Nachdem sie die Nacht hier verbracht hat und ich Idiot dachte, dass wir tatsächlich so etwas wie eine Familie werden könnten?

»Du musstest eine Entscheidung treffen, ja?« Ich lache bitter auf und fahre mir mit der Hand über den Nacken. Verbissen schaue ich zu ihr, doch sie sieht überall hin, nur nicht zu mir. Kalter Schweiß bricht mir aus jeder Pore des Körpers und mein Herz donnert so sehr, dass jedes Pumpen meine Arme erbeben lässt.

Ich denke an meine Worte, die ich erst vor wenigen Sekunden ausgesprochen habe: *Wir machen es wie ganz normale Eltern und entscheiden alles, was das Kind betrifft, zusammen – wie eine Familie.*

»Hast du bei deiner Entscheidung auch bedacht, wie ich an dem Leben unseres – meines – Kindes teilhaben soll, wenn beschissene acht Flugstunden zwischen uns liegen?«, spucke ich ihr entgegen und sie zuckt leicht zusammen, versucht aber, es sich nicht anmerken zu lassen.

»Du wirst immer willkommen sein und …«

»Immer willkommen sein?« Ich beiße die Zähne derart fest zusammen, dass es schmerzt, und mache einen Schritt auf sie zu. Sie zieht die Decke fester um sich, ihr Atem geht schneller. Sie hat Angst und doch peitscht die Wut so glühend heiß durch meine Venen, dass ich glaube zu verbrennen. »Und dann bin ich der nette Onkel aus England, der ab und an mal mit einem Geschenk vorbeikommt?«

Sie sagt nichts, kein Widerspruch kommt über ihre Lippen und Tränen der Wut – der Machtlosigkeit – brennen in meinen Augen.

»Raus!«

Sie versucht erneut, nach mir zu greifen, zieht ihre Hand aber sofort zurück. »Calvin bitte.«

»Verschwinde!«, brülle ich derart laut, dass es in meinen Ohren pfeift und ihr wie mir Tränen in die Augen treibt. Eilig läuft sie aus dem Zimmer und ich drehe mich zu dem kleinen Bett, stütze mich auf der Kante ab und lasse den Kopf hängen. Unkontrollierbare Wut peitscht durch meine Venen, benebelt mir alle Sinne.

Irgendwann höre ich die Schlafzimmertür und glaube, ihren Blick auf meinem Rücken zu spüren. Sekunden später poltert sie die Stufen hinunter und die Haustür fällt ins Schloss.

Ich starre auf das Bett, reiße es in blinder Wut hoch und lasse es an die Wand krachen. Das Knacken von splitterndem Holz schallt in dem leeren Raum wider. Die gebrochenen Stäbe verschwimmen vor meinen Augen und ich sacke weinend wie ein kleines Baby davor zusammen. Wie das Baby, das sie mir wegnehmen wird.

Amy

30. Woche

Ehe ich mich versehe, bin ich in der dreißigsten Schwangerschaftswoche, am absoluten Tiefpunkt und noch bevor sich an dem Zustand etwas ändern konnte, wieder alleinerziehend.

»Der hier ist herzig, oder?« Holly legt sich einen Strampler in Rosa auf die Brust und ich lächle.

»Ja, ist er.«

Sie läuft wieder in die hinterste Ecke des Ladens für Babybedarf und ich schaue ihr hinterher, als mir eine Bettwäsche auffällt. Der Himmel hat die Aufmachung einer Krone. Wie schön die zu Calvins Bett passen würde. Mein Lächeln gefriert und ich schlucke. Zum etlichen Male fühle ich die Enge im Hals, die mir vorgaukelt, schlechter Luft zu bekommen, und ich schlucke gegen das Gefühl an. Wenn Calvin auf eines verzichten kann, dann darauf, dass ich ihm mit einem Himmel für sein Bettchen komme.

Ich beiße mir auf die Unterlippe und hole das Smartphone aus der Tasche, natürlich habe ich keine Mitteilung von ihm. Kurzerhand schieße ich ein Foto der

Bettwäsche, betrachte das Bild und mache ein weiteres, dieses Mal von der blauen Variante. Ich tippe eine Nachricht und schicke sie mitsamt der Aufnahme zu ihm.

Sieht die nicht aus, als wäre sie für dein altes Bettchen gemacht?

Nur Sekunden später liest er die Nachricht und die App zeigt an, dass er zurückschreibt. Hibbelig wippe ich von einem Fuß auf den anderen und knabbere an einem Fingernagel. Mein Bauch kribbelt erwartungsvoll und endlich vibriert das Telefon.

Hübsch. Geht es dem Kleinen gut? Kann ich etwas für dich tun?

Exakt einmal am Tag bekomme ich eine Nachricht mit eben diesem Wortlaut von ihm. Er erkundigt sich, wie ich mich fühle und ob ich etwas brauche. Aber sobald es um Persönliches – um uns – geht, blockt er konsequent ab. Die Enttäuschung zieht sich durch mich hindurch wie ein Waldbrand nach langer Trockenheit. Mein Kinn zittert und ich schaue mich eilig um, bin jedoch allein in dieser Ecke. Zum Glück. Zaghaft streichle ich über den Stoff des

Bettzeugs und meine Brust wird immer enger. Ich könnte schnell aus dem Laden laufen?

»Hey, ist alles okay?« Holly streichelt mir über den Rücken und ich schüttle den Kopf. Wortlos zieht sie mich in ihre Arme und ich hole bebend Luft. Halt suchend klammere ich mich an sie und lasse zu, dass sie mich wie ein Kleinkind wiegt. Mein Kinn zittert, doch ich beiße die Zähne zusammen, um nicht wieder in Tränen auszubrechen. Einmal angefangen, kann ich sonst nicht wieder aufhören.

»Was ist in den letzten Wochen nur mit uns passiert?«

»Sch sch, alles wird wieder gut.« Fast muss ich über diesen abgedroschenen Spruch lächeln und doch hoffe ich nichts anderes, als dass sie recht hat. »Na komm. Wir gehen zu *Starbucks* nebenan und trinken einen Kaffee.«

Ich setze mich an einen der Fensterplätze, als Holly schon unsere Getränke und zwei Schokomuffins auf den Tisch stellt.

»Lass mich raten, was da gerade los war. Calvin?« Ich zucke mit den Achseln, entferne das Papier des Muffins und breche mir ein Stück ab. »Seht ihr euch denn manchmal?«

»Ja, er holt mich zu jeder Vorsorgeuntersuchung ab und bringt mich danach auf direktem Weg wieder nach Hause.« Ich lege den Kuchen ab und reibe meine Arme. Diese Kälte in mir verschwindet einfach nicht, egal wie, dick ich mich anziehe. »Die Autofahrten sind voller Spannungen und bis auf Gespräche über das Baby wechseln wir kein Wort miteinander.« Ich glaube sogar, dass Calvin jedes Mal erleichtert ist, wenn er mich wieder absetzen kann. Aber das behalte ich für mich.

»Bist du denn immer noch überzeugt, dass du die richtige Entscheidung getroffen hast?«

»Ganz ehrlich? Ich weiß es nicht. Alles ist plötzlich so anders. Wie dieser Muffin von *Starbucks* oder so.«

»Wie dieser Muffin von *Starbucks*?«

»Ja. Davor freut man sich und ist ganz wild darauf und hinterher stellt man fest, dass die Vorfreude viel geiler war als das eigentliche Essen.«

»Übersetzt bedeutet das, dass du dich in deiner Vorstellung mehr auf diese Versetzung gefreut hast, als du es tatsächlich tust?«

Ich atme tief durch und lasse mich an die Rückenlehne sinken. »Ja. Nein. Keine Ahnung.«

»Rede doch noch einmal mit Calvin. Sag ihm, dass du in deinem Entschluss schwankst.«

»Warum? Ich habe es schon so oft versucht, Holly. Langsam habe ich sogar das Gefühl, dass er ...«

»Dass er was?«

Ich zupfe an den Ärmeln meines Pullovers und zucke erneut mit den Schultern. »Was, wenn er in Verbindung mit meiner Äußerung festgestellt hat, dass es so am einfachsten für ihn wäre? Dermaßen weit weg von ihm könnte er einfach weitermachen wie bisher, als hätte es die letzten Monate nicht gegeben.« Ich winde mich bei dem Gedanken und rutsche auf dem Stuhl herum. »Als wäre dieser *Unfall* nie passiert.«

»Amy ...« Ich zucke unter ihrem anklagenden Ton zusammen und spüre, wie meine Wangen warm werden. »Calvin liebt sein Kind. Vielleicht hat er es nie ausgesprochen, aber jede seiner Handlungen zeigt es überdeutlich. Du hast selbst gesagt, dass die einzigen Momente, in denen du ihn noch lächeln siehst, die sind, wenn er sein Kind bei den Untersuchungen betrachtet.«

»Du hast recht.« Ich fahre mir mit der Hand über die Augen und schüttle den Kopf. »Vergiss, was ich gesagt habe, das war dumm.«

»Allerdings.«

Ich lächle matt. Darum ist sie meine beste Freundin, weil sie mir immer die Wahrheit sagt, auch die, die ich vielleicht nicht hören möchte. »Es ist nur, dass er so gar keine Regungen zeigt. Wenn er mich wenigstens anbrüllen oder mir Vorwürfe machen würde. Dann wüsste ich, dass da noch irgendwas für mich ist, ein kleiner Funke. Aber so ... Es fühlt sich an, als würde er einfach nur darauf warten, dass ich gehe«, erkläre ich mit tränenerstickter Stimme und die Steine in meinem Magen werden noch etwas schwerer.

»Dein Gesagtes hat ihn verletzt.«

»Ja, das hat es wohl. Aber wer denkt, dass Worte wehtun, hat eisiges Schweigen noch nie erlebt.«

Calvin

36. Woche

Ich höre den Schlüssel in der Haustür und halte kurz mit dem Pinsel inne. Es gibt nur einen, der einen Ersatzschlüssel hat.

»Fuck, hier stinkt es wie auf einer Bahnhofstoilette!« Chris, mein bester Freund und Geschäftsführer meiner Firma, kommt fluchend die Treppe hoch.

»Das ist der Geruch von Lackdämpfen, du Hohlkopf!« Bennet? Wenn sie zusammen hier auftauchen, muss es wirklich dringend sein. Sie konnten sich noch nie ausstehen. Die Tür wird aufgestoßen und beide schauen auf mich herunter. »Was zur Hölle machst du da?«

Fragend sehe ich auf das Bett, zum Klatschblatt, auf dem ich sitze, und zucke mit den Achseln. »Das Bett reparieren?«

»Und wozu die Zeitung? Bist du jetzt auch noch inkontinent?«, will Chris wissen und Bennet stößt ihn in die Seite.

»Vollidiot. Sieht doch jeder Idiot, dass das zum Schutz des Teppichs ausgelegt liegt.«

Beinahe muss ich lachen, wende mich aber wieder dem Bett zu. Wenn man es nicht weiß, sieht man kaum, dass ich die Stäbe austauschen musste.

»Moment, der Idiot hat recht«, stellt Bennet fest. »Liegt hier irgendwo ein Kadaver, oder bist du das?«

Chris stößt ihn an und ich erkenne aus dem Augenwinkel, dass sie stumme Blicke wechseln.

»Ich weiß zu schätzen, dass ihr gekommen seid, aber ich hätte lieber meine Ruhe.«

»Deine Ruhe?«, wettert Chris, beugt sich neben mich und entreißt mir den Pinsel. »Was zur Hölle ist los mit dir? Es ist drei Wochen her, seit du das letzte Mal in der Firma warst und warum? Weil du für ein Kind, das vermutlich eh nie hier schläft, Wände und Betten streichst. Wann bist du zu so einem Lätta-Esser geworden?«

Danke für die Hinweis, Arschloch.

»Ist das diese feinfühlige Methode, von der du vorhin noch gefaselt hast?« Bennet zieht Chris zurück und hockt sich an seine Stelle. »Wann hast du das letzte Mal geduscht?«

Ich ziehe die Lippen kraus. »Müsste vor vier Tagen gewesen sein.«

Bennet rümpft die Nase und sieht kurz aus wie Kate die Hebamme. »Und rasiert? Sieht ziemlich wüst aus«, stellt er fest und Chris lacht trocken auf.

»Wüst ist gut. Er sieht aus wie eine sprechende Pussy.«

Unwillentlich grinse ich und Bennet legt mir seine Hand auf die Schulter. »Du solltest mal in deiner Firma vorbeischauen, es geht drunter und drüber. Deine Angestellten flegeln jedes Mal, wenn ich komme an ihrem Schreibtisch, als säßen sie zu Hause auf der Couch. Wer kann denn dabei zielorientiert arbeiten?«

»Unsere Mitarbeiter sind eben darum so kreativ, weil sie flegeln, als säßen sie zu Hause auf der Couch, du Furzgurke«, verbessert Chris ihn und ich lehne mich mit dem Rücken an die Wand hinter mir.

»Okay, ich erscheine morgen wieder bei der Arbeit«, lüge ich in der Hoffnung, dass sie dadurch wieder gehen, doch Chris murmelt nur ein Dankesgebet. Mein Blick zuckt zwischen den beiden hin und her und ich lege den Kopf schräg. »Das wars? Deswegen habt ausgerechnet ihr euch zusammengetan?«

»Wenn dein Kumpel hier nicht so ein Blechkopf wäre, dann ...«

»Ach komm, Bennet. Nimmst du mir wirklich noch die Sache mit der Unterhose übel? Ich war fünfzehn, Mann.«

Bennet ignoriert ihn und reckt das Kinn wie eine Diva vor, sodass ich lachen muss.

»Warum wir eigentlich hier sind«, schiebt Chris hinterher. »Du wischst dir ganz flott diesen Fotzenhobler aus dem Gesicht und dann gehts los.«

Bennet verdreht die Augen. »Dein Wortschatz ist bei diesem fünfzehnjährigen Kerlchen auch irgendwie stecken geblieben, oder?«

»Heute findet die Baby-Party für Amy statt und wir drei haben eine Sitzung mit unserem alten Bekannten *Jack*.« Ich zucke zusammen und hoffe, sie haben es nicht gesehen. Ich weiß nicht, wann ich mich jemals so verletzlich gefühlt habe. Am liebsten möchte ich mich zu Hause verkriechen und warten, bis es vorbei ist. Obwohl, genau das mache ich ja sogar. Wenn ich dabei nur nicht den ganzen Tag an sie denken und unser letztes Gespräch immer und immer wieder in Gedanken durchlaufen würde.

»Lauren hat sie gemeinsam mit Amys Freundin ausgerichtet und unser Haus zur Verfügung gestellt«, erklärt Bennet leise und ich nicke.

»Weiß Amy von der Party?«

Er stockt kurz und schüttelt dann den Kopf. »Nein, es ist eine Überraschung. Lauren lockt sie nachher mit einem Vorwand zu uns.« Ich nicke und sehe wieder auf das Bett.

»Ihr redet weiterhin nicht miteinander?«

Seufzend rapple ich mich vom Fußboden hoch und schließe den Lackeimer. »Doch. Wenn du mich fragst, wie groß und schwer das Kind inzwischen ist, ob es sich gut entwickelt und was seine Lieblingsspieluhr ist, die Amy abends auf den Bauch legt, dann kann ich es dir sagen. Alles Weitere, was sie betrifft, geht mich nichts mehr an.«

»Das ist doch nicht wahr ...«

Ich hebe die Hand, um Bennet zu unterbrechen. »Bitte«, ich weiß, wie erbärmlich bettelnd ich klinge, »lass es gut sein, ja.«

»Ich möchte erwähnen, dass ich nie geduldet hätte, die Party bei uns zu veranstalten. Ich konnte sie sowieso nie leiden und hasse sie. Als Vater ihres Kindes darfst du sie nicht hassen, aber ich schon und ich, oh«, Chris schüttelt sich wie besessen, »ich hasse sie abgrundtief. Hoffentlich bekommt sie in der Schwangerschaft viele Hämorriden.«

»Du kennst sie doch überhaupt noch nicht«, stellt Bennet trocken fest und hebt irritiert die Hände.

»Ich hasse sie trotzdem, weil ich ein guter Freund bin. Nicht so ein Denunziant wie du.«

»Ich hätte mir auch etwas anderes gewünscht«, bellt Bennet zurück und ich steuere auf den Flur zu.

»Ich springe kurz unter die Dusche und dann können wir los. Einen Abend mit euch beiden zusammen kann ich mir auf keinen Fall entgehen lassen.«

»Sage ich doch«, ruft Chris mir hinterher. »Und denk an den Fotz... Bart.«

***

Zwei Stunden später liege ich mit dem Kopf auf der Theke eines drittklassigen Pubs und spüre die wummernden Bässe der Musik in meiner Stirn.

»Noch mal«, brüllt Bennet und schon erklingt die Melodie von *Elton Johns »Can you feel the Love tonight«* aufs Neue. Es ist zum Weinen. Nicht das Lied, sondern wie Bennet es mit seinem Gejaule verunstaltet. Und er legt wieder los. Ich hebe den Kopf und beobachte, wie er johlend in die Mitte der Bar tänzelt mit dem Smartphone als Mikrofonersatz. Ich muss lachen, weil es so grausam ist, und drehe mich zum Tresen zurück, an dem ich mein leeres Glas ergreife. »Ich nehme noch einen, doppelt.«

»Ich auch«, lallt Chris und konzentriert sich wieder auf die Blondine neben sich. Vielleicht sollte ich das ebenfalls probieren? Zumindest wäre es Ablenkung. In meinem Magen zieht es krampfartig, könnte aber auch der Alkohol sein und mein Schwanz rollt sich gefühlt nach innen.

»So schlimm?«, fragt der Barkeeper und ich runzle die Stirn. In meiner Firma hat mal einer gearbeitet, der am Wochenende in der Bar seines Bruders jobbte. Jeden Montag haben wir uns über seine Storys amüsiert und darüber, was die Leute einem völlig besoffen am Tresen sitzend alles anvertrauen.

»Du willst doch nur am Montag was Witziges zu erzählen haben«, lalle ich und schnappe mir das Glas mit dem *Jack Daniels*, sodass es über den Rand auf meine Finger schwappt.

»Du siehst nicht so aus, als würde die Story witzig sein«, reagiert er ehrlich und ich stelle den Whiskey wieder ab, ohne davon getrunken zu haben. Dancing-Queen-Bennet reizt in dieser Sekunde seinen Stimmenumfang aus und die Haare in meinem Nacken richten sich auf. Keine Ahnung warum, aber es sprudelt aus mir heraus, als hätte ich nur auf diese Möglichkeit gewartet. Ich beginne bei dem One-Night-Stand, erzähle von dem Schock der Schwangerschaft und von der Liebe für mein Kind, die in dem Moment einschlug wie eine Bombe, als ich es zum ersten Mal auf dem Ultraschall sah.

»Ist dir so was schon mal passiert?«, nuschle ich, setze das Glas an und leere es zur Hälfte. Angewidert von dem brennenden Geschmack schüttle ich mich und sehe ihn abwartend an.

»Ich bin homosexuell, daher Nein«, erklärt er und zuckt mit den Schultern.

»Ist auch besser so, das kann ich dir sagen.«

»Hast du ihr ...«

»Amy«, helfe ich ihm und trinke den Rest des Teufelszeugs. Am Rande bekomme ich mit, dass Chris in Richtung Toiletten torkelt.

»Hast du das, was du mir gerade erzählt hast, auch schon einmal zu Amy gesagt?« Ich starre ihn an, bis mein Blick immer glasiger wird.

»Nein.«

»Warum?«

»Was, warum? Hast du mir nicht zugehört? Sie will mit meinem Kind ans Ende der beschissenen Welt ziehen.«

»Aber noch ist sie nicht weg, oder? Hast du sie denn einmal gebeten zu bleiben oder bejammerst du dich nur die ganze Zeit selbst?«

Meine Kinnlade klappt herunter. »Was bist du denn für ein miserabler Barmann?«

Er lacht und schenkt mir das Glas erneut voll. »Der geht aufs Haus. Danach schläfst du deinen Rausch aus und dann redest du mit ihr.« Er lächelt aufmunternd, tätschelt meinen Arm und will gerade zu einem anderen Kunden gehen, als er über mich hinwegsieht und etwas sagt, das wie »*Oh nein*« klingt. Ich bin aber nicht sicher.

An der Eingangstür steht *Val Kilmer* für Arme mit einem Goldkettchen um den Hals. Wundert mich, dass er mit der Kuhkette aufrecht stehen kann. Das ist dann mutmaßlich besagter »*Oh nein*«.

Ich schwinge mich wieder in Richtung des Getränks, als Bennet sich auf den Hocker neben mir fallen lässt. »Ich bin müde und will nach Hause.«

»Chris ist noch auf dem Klo.«

»Aha«, Bennet sieht in die dunkle Ecke, in der sich laut wild blinkendem Schild die Toiletten befinden. »Was macht er denn da?«

»Tja, keine Ahnung. Pinkeln?« Im selben Augenblick kommt er angerannt und reißt mich am Kragen zu sich herum.

»Küss mich!«

»Was? Bist du nicht ganz dicht? Hau ab.« Ich lache und stoße ihn weg. Er sollte das Saufen lassen. »Die Trulla glaubt mir nicht, dass ich verheiratet bin, und will sich an mir laben. Gegen meinen Willen.«

Ich mache einen langen Hals und verziehe den Mund. »Sie kommt hierher.«

»Was?« Er reißt panisch die Augen auf, doch sie steuert schon auf den Ausgang zu, ohne ihn weiter zu beachten. »Sie darf mich nicht sehen!« Ruckartig zerrt er mich zu sich und drückt seine kratzigen Lippen auf meine. Ehe ich weiß, was geschieht, lässt er schon wieder los, wischt sich mit der Hand über den Mund und kontrolliert, ob sein Flirt noch zu sehen ist. Ist sie nicht.

»Zum Glück hast du dich vorhin rasiert.« Er gibt dem Barmann einen Fingerzeig für eine weitere Runde und klopft mir auf den Kopf wie einem Köter.

»Wie seid ihr denn drauf?«, will Bennet wissen und ich tue so, als würde ich die Reste von Chris' Nachgeschmack ausspucken.

»Wenigstens hat er seinen Schleckmuskel für sich behalten.«

»Ekelhaft!«, blafft uns jemand an und wir drei drehen uns zeitgleich herum – *Oh nein*, wer auch sonst.

»Hast du ein Problem, Rambowski?«

»Chris«, mahne ich und versuche, ihn Richtung Ausgang zu ziehen. »Zeit, aufzubrechen.« Es ist zwar schon ein Weilchen her, aber früher gehörte er nicht unbedingt zu denen, die einer Schlägerei aus dem Weg gingen, sondern vorzugsweise mitten rein liefen. Er nennt es seine Rebellionsphase oder so.

»Genau, hör auf deine Freundin, du Schwuchtel«, foppt der Große und ich stemme die Hände in die Seite. Wie war das?

»Entschuldige, ich habe deinen Namen vorhin nicht richtig verstanden, wie war der noch? Anna, oder?«, kontere ich und Chris haut mir lachend gegen den Bauch, sodass ich kurz zusammenknicke wie ein Klappstuhl. Nicht sehr beeindruckend.

»Genau. Anna Bolika«, beendet Chris für mich und der Kerl drückt ihn kurzerhand mit dem Unterarm am Hals an die Wand.

»Entschuldigen Sie, Mister Kleintransporter«, Bennet tippt ihm auf die Schulter und zeigt auf Chris, der weiterhin provozierend grinst. »Wir wollten gerade gehen.«

»Ich habe die Polizei verständigt«, ruft der Barkeeper über den Tresen, wird aber rigoros ignoriert.

»Ist ja schon gut, Anna«, krächzt Chris und schielt zu Bennet. »Willst du dein Trauma bewältigen? Dann sollten wir zu Plan B übergehen.«

Bennet zuckt die Achseln. »Plan B? Ich wusste nicht mal, dass es einen Plan A gibt.«

Chris gibt ihm ein Zeichen, das nur Bennet versteht, und plötzlich bricht das Chaos aus. Chris packt beherzt in »*Oh neins*« Weichteile und Bennet wühlt im Bund dessen Jeans nach seiner Unterhose.

»Ich hab sie«, kreischt er jubelnd und reißt sie ruckartig hoch, sodass ich Luft durch die Zähne ziehe. Das muss wehtun. »Das wollte ich schon immer mal machen.«

Der Hüne entlässt Chris aus seinem Würgegriff und brüllt wie ein angeschossener Stier, eigentlich sieht er auch genauso aus.

»Wie heißt es? Nicht Schwuchtel, sondern?«, donnert Chris und verstärkt seinen Griff um die Weichteile, während Bennet das hässliche Feinripp-Zelt noch höher zieht. Ich bin Pazifist, aber der Anblick ist zum Schießen komisch.

»Wie heißt es?«, wiederholt Chris und *Oh nein* stößt ein jammerndes »Homosexuell« hervor, das Chris gelten lässt. In der Sekunde, als die beiden von ihm ablassen, kommen zwei Polizisten herein und ich halte den Atem an. Na bravo! Vielleicht überdenke ich es nächstes Mal doch noch einmal, wenn sie mich zusammen ausführen wollen.

»Gibt es hier ein Problem?«

Wir alle tauschen stumme Blicke und bestätigen, dass es nur eine kleine Rauferei unter Angetrunkenen war. »Sind Sie nicht Doktor Benson? Sie haben meine Tochter zur Welt gebracht.« Der Uniformierte kramt ein Portemonnaie aus seiner Jacke und hält es uns breit grinsend vor die Nase. Fünf Minuten später sitzen wir im Streifenwagen, der uns nach Hause bringt.

»Es ist nicht mehr lange bis zur Geburt, die letzten Wochen vergehen so schnell«, flüstert Bennet mir auf der Rückbank zu und ich sehe ihn fragend an. »Amy hat es nie gesagt, aber ich weiß, noch hättest du eine Chance, sie zum Bleiben zu bewegen.«

»Sie weiß, dass ich mir nichts mehr wünsche als das.« Ich blicke aus dem Fenster in die Dunkelheit. Wie in mir drin schießt es durch meine Gedanken und ich atme zittrig aus. Jetzt nur nicht wieder anfangen zu heulen, das habe ich schon zur Genüge getan.

»Bist du dir da sicher?«

Chris grunzt, ändert seine Position und schlummert friedlich weiter.

»Weiß sie das wirklich noch?«, legt Bennet nach. »Seit Wochen hast du kein privates Wort mit ihr gewechselt und schmetterst jeden ihrer Versuche ab, doch noch mit dir zu reden. Ich verstehe deine Wut und die Verzweiflung, weil du denkst, dem hilflos ausgeliefert zu sein. Ja, ich finde auch, dass sie einen Fehler macht, aber du kannst nicht bis ans Ende eurer Tage wütend auf sie sein. Schon gar nicht, wenn du trotz der Entfernung eine Rolle im Leben deines Kindes spielen willst.«

Er hat recht, das weiß ich und sehe in seine Richtung, obwohl ich ihn nur schemenhaft erkenne. »Ich habe Angst, was ich zu ihr sage, wenn ich mir erlaube, einmal alles herauszulassen. Da ist dieses Gefühl ganz tief in mir, ich glaube«, ich wage kaum, es auszusprechen, »ich glaube, man nennt es Hass.«

Ich warte darauf, dass er erschrocken nach Luft schnappt oder meinen Namen vorwurfsvoll ausstößt, doch nichts kommt, stattdessen höre ich ein leises Lachen.

»Das Gefühl kenne ich und wenn ich eins mit Sicherheit weiß, dann, dass das kein Hass ist. Je näher du einen

Menschen an dich heranlässt, desto mehr kann er dich auch verletzen und ja, das fühlt sich dermaßen verzehrend an, dass es dir die Haut vom Körper sengt. Willkommen in der Welt der Zuneigung, in der sie alles oder nichts bedeutet, dein Auf- oder Untergang ist, und Liebe sich manchmal anfühlt wie Hass.« Bennet klopft mir aufs Knie und im selben Augenblick werden die Türen des Streifenwagens geöffnet. Er wechselt noch ein paar Worte mit den Polizisten, während ich Chris vom Rücksitz hieve.

»Um Himmels willen, ist euch etwas passiert?«, kreischt Lauren panisch und hüpft um Bennet herum, um nach auffälligen Verletzungen zu suchen. Ich stütze Chris in Richtung Haustür und da steht sie, Amy, so überwältigend. Wenn überhaupt möglich, macht die Schwangerschaft sie mit jedem Tag nur noch schöner. Ich will ihr sagen, dass es mir leidtut, dass ich sie angeschrien habe und dass ich all ihre Versuche, mit mir zu reden, abgewendet habe. Dass ich möchte, dass sie bleibt und wir an genau der Stelle weitermachen, an der wir an jenem Morgen aufgehört haben. Tausende Worte wirbeln durch meine Gedanken, nur dass ich sie zu keinem Satz zusammenfügen kann.

»Geht es dir gut?«, flüstert sie und fasst nach meinem Arm. Ich möchte ihr sagen, was ich fühle, sie anflehen zu bleiben. Nicht nur wegen des Kindes, sondern auch unseretwegen und zische stattdessen: »Nein, es geht mir verdammt noch mal nicht gut!« und stürme mit Chris im Schlepptau an ihr vorbei ins Haus.

Amy

38. Woche

Ich schließe den letzten Karton mit der Aufschrift Küche und lasse mich auf die Matratze daneben fallen wie Godzilla auf ein Hochhaus. Zeitgleich ertönt die Türklingel und Lauren ruft ein »Ich gehe schon« durch die Wohnung.

Ich streiche mir über den Bauch, der inzwischen *Bud Spencer* Konkurrenz macht. Nein, eher sehe ich aus, als hätte ich *Bud Spencer* verschluckt. Noch schlimmer ist, dass ich beim Gehen von einer Seite zur anderen schaukle. Auch wenn alle beteuern, dass ich mich irre, die Seekrankheit nach längeren Strecken gibt mir recht. Apropos längere Strecken. Ich streife die Turnschuhe von den Füßen und möchte sie kneten, komme aber nicht heran. Seufzend wackle ich mit den Zehen und kann selbst durch die Socken erkennen, dass sich in meinen Füßen mehr Wasser angesammelt hat als in einem Fünf-Liter-Eimer. Das ist auch der Grund, warum ich meine High Heels vor gut zehn Wochen in eine der Kisten geräumt habe. Ich bezweifle, dass sie mir jemals wieder passen werden.

»Das war der Lieferdienst.« Lauren kommt ins Wohnzimmer, stellt den Karton mit der Partypizza vor mir auf den Parkettfußboden und ruft den anderen zu, dass sie etwas zu trinken mitbringen sollen.

Holly und Melissa kommen aus der Küche und haben die Hände voll mit Weinflaschen und Pappbechern. Auch die Weingläser sind bereits in Kartons verpackt.

»Was gäbe ich um einen Schluck. Was soll in dieser Endphase schon noch passieren, oder?«

»Vergiss es«, rügt Holly und reicht mir eine Wasserflasche.

»Danke«, brummle ich, öffne sie aber dennoch direkt und leere sie gierig in einem Zug.

»Durst, was?« Lauren gibt mir ein Stück Pizza. Wohl wissend, dass ich mich vermutlich nicht einmal weit genug vorbeugen kann, um mir selbst eins zu nehmen.

»Essen und trinken, mehr mache ich seit Beginn des Mutterschutzes nicht mehr. Und eins sage ich euch, wenn das Baby da ist, werde ich erst mal schön eine Nacht durchschlafen. Momentan muss ich alle zehn Minuten pinkeln.«

Melissa lacht laut auf, beißt in ihre Pizza und nuschelt: »Träum weiter, Süße.«

»Weißt du mittlerweile eigentlich, was es wird? Bennet hat gar nichts erzählt«, will Lauren wissen und entkorkt den

Wein. »Gestern hattet ihr wieder eine Untersuchung, oder?«

Ja, hatten wir und Bennet kennt das Geschlecht auch. Endlich einmal lag er oder sie so, dass Bennet es erkennen konnte, und er fragte, ob wir es wissen möchten. Ich habe Calvins Blick gesucht, damit wir gemeinsam entscheiden können, doch er hat ihn nicht erwidert. Gemeinsam entscheiden ... genau diese Übereinkunft hätte ich mal eher suchen sollen, als ich eigenmächtig entschied, die Stelle in New York zuzusagen. Wer weiß, ob dann heute nicht alles anders wäre.

Ich schüttle mit zusammengepressten Lippen den Kopf und keiner der drei fragt weiter nach. Einen Moment lang hängen wir unseren Gedanken nach, bis Holly die Stille unterbricht und auf die Umzugskartons hinter mir deutet.

»Dann war es das also. Wann kommt der Umzugsservice?«

»Morgen.«

»Und an welchem Tag geht dein Flug?«

»Sobald die Ärzte das Okay geben, dass ich so weit mit der oder dem Kleinen fliegen kann.«

Holly senkt den Blick und auch ohne es zu sehen, weiß ich, dass sie Tränen in den Augen hat.

»Hast du noch mal mit Calvin gesprochen?«, wechselt Melissa das Thema, was nur leider auch nicht viel erfreulicher ist.

»Meinst du, ob ich noch mal versucht habe, mit ihm zu sprechen, oder ob tatsächlich ein Gespräch zustande kam?« Mir ist bewusst, dass meine Stimme zittert, und meine Brust wird mir eng, aber ich kann nichts dagegen tun.

»Ähm«, sie sieht von mir zu den anderen. »Beides?«

»Ja, habe ich, ein Dutzend Mal, wenn nicht noch öfter. Aber nein, es kam zu keinem Gespräch.«

»Aber er interessiert sich doch weiterhin für das Kind?«, echauffiert sie sich und ich nicke hektisch.

»Ja. Ja er ist ganz wunderbar und interessiert sich für alles. Vermutlich hat er mehr Ratgeber über nächtliches Durchschlafen und die Behandlung gegen Koliken gelesen als ich.«

»Was ihm nur nicht viel bringen wird«, wirft Holly bissig ein und ich zucke zusammen. »Was siehst du mich so an? Das ist vielleicht nicht das, was du hören willst, aber die Wahrheit.« Ich schlucke. Sie hat recht, dennoch hat es noch nie jemand so deutlich ausgesprochen. Was gäbe ich darum, jetzt ein weiteres Stück Pizza zu haben, damit ich es mir in den Mund stopfen und somit nicht antworten kann.

»Ich nahm an, dass zumindest du verstehen würdest, was mir diese Stelle in New York bedeutet«, erwidere ich und wundere mich über mich selbst. Möchte ich vielleicht sogar, dass sie kein Verständnis dafür hat, weil ich mir selbst nicht mehr absolut sicher bin?

Holly seufzt und streicht sich mit der Hand durch die Haare, um sie dann im Nacken liegen zu lassen. »Das tue ich, ehrlich. Ich bin nur nicht sicher, ob ...«

»Ob was?«

»Ist das wirklich immer noch das, was du unbedingt möchtest? Zielsetzungen ändern sich, genauso wie sich alles ändert, stets und ständig. Leben ist Veränderung und auch wenn es für die Single-Frau Amy der sehnlichste Wunsch war, Verkaufsleiterin in New York zu sein, sind die Prioritäten inzwischen doch ganz anders, oder? Das war vor ihr – oder ihm«, sie deutet auf meinen Bauch. »Das war vor Calvin. Du versuchst zwanghaft, es dir nicht einzugestehen, aber er ist dein neuer Traum. Du hast immer so hart für deine Ziele gearbeitet, dass ich dich stets heimlich dafür bewunderte. Manchmal war ich regelrecht vor Neid zerfressen, weil ich mir etwas mehr davon für mich selbst gewünscht hätte. Warum gibst du dann jetzt derart schnell auf? Warum kämpfst du nicht, verdammte Scheiße?« Sie steht ruckartig auf, eilt aus dem Raum und ich höre, wie die Badezimmertür ins Schloss fällt.

Ich blinzle gegen die aufsteigenden Tränen an und schaue unsicher zu Boden. Hat sie recht? Ist Calvin mein neuer Traum und hätte ich viel mehr tun können?

Lauren räuspert sich und reicht mir ein Stück Pizza. Eigentlich ist mir der Appetit vergangen, aber ich greife dennoch danach. »Bist du sicher, dass du die letzten Tage bei deiner Mum wohnen willst? Du kannst auch zu uns kommen. Die Kinder würden sich freuen.«

Dankbar für den abrupten Themenwechsel lächle ich sie an, bleibe aber dabei. Nicht, dass ich so scharf darauf bin, auf engem Raum mit Mum zu hausen, sondern weil ich Bennet nicht in diese Zwangslage bringen möchte.

»Seid ihr schon fertig? Das ging aber schnell.« Als hätte sie ihren Namen gehört, steht Mum im Türrahmen und mustert die Kartons um uns herum. »Sehr gut. Und da sage noch mal jemand, Frauen bräuchten Männer.«

Ich verdrehe die Augen und die anderen beiden stehen schmunzelnd auf, um mir aufzuhelfen. Wir verabschieden uns voneinander und gerade als ich mich schnaubend von der Mission Schuhe-wieder-anziehen erhole, kommt Holly aus dem Bad und nimmt mich in den Arm.

»Es tut mir leid, ich hätte mich nicht einmischen dürfen. Es ist nur ... du wirst mir nur so fehlen.«

Ich streiche ihr die Haare aus dem tränennassen Gesicht und küsse sie auf die Wange. »Niemand hat mehr das

Recht, sich in meine Angelegenheiten einzumischen, als du. Vergiss das nie.«

Sie nickt, drückt mich noch einmal und läuft schneller davon, als mir lieb ist. Ich sehe ihr hinterher, bis sie aus meinem Blickfeld verschwindet. Stattdessen kommt Mum ins Wohnzimmer und ich wische eilig eine Träne weg, die mir über die Wange läuft. Ich wende mich von ihr ab, steuere auf das große Fenster zu und sie stellt sich ohne Umschweife daneben.

»Bist du glücklich, Schatz?«

Verwundert sehe ich zu ihr, doch sie schaut in den kleinen Hinterhof. Ich kann mich nicht entsinnen, dass sie mir jemals diese Frage gestellt hat. Ich tue es ihr gleich und schaue auf die kleine Rasenfläche, in deren Mitte ein einzelner Baum steht.

Bin ich glücklich? Ich war glücklich, als ich mit Calvin durch den Park lief, als wir danach in seinem Wohnzimmer saßen und die Zeit vergaßen. Als ich den Herzschlag unseres Kindes hörte und als ich Calvins Gesichtsausdruck sah, als er die Kindsbewegungen zum ersten Mal durch meine Bauchdecke fühlte. Ich war glückselig, als er mich fragte, ob ich mir vorstellen könnte, bei ihm zu wohnen. Löst die Arbeit auch solche Empfindungen in mir aus? Früher vielleicht, aber Holly hat recht. Meine Prioritäten haben sich geändert.

»Nein«, höre ich mich antworten und weiß in dem Moment, dass es die Wahrheit ist. Ich atme zittrig ein und umklammere die Kante der Fensterbank so sehr, dass meine Finger schmerzen. Aber nicht genug, um von dem Schmerz in meiner Brust abzulenken.

»Amy«, Mum dreht sich zu mir und ergreift meine Hände, »ich möchte dir einen Rat geben.« Ich blinzle ungläubig und Mum lächelt. »Ja, da musst du nun einmal durch. Du denkst, ich habe dich zu einer Frau erziehen wollen, die Karriere macht und mehr Geld verdient als irgendwelche Männer. Was ich aber wirklich wollte, war, dass du selbstbewusst wirst und mit dem sicheren Wissen durch die Welt gehst, dass du alles erreichen kannst. Auch wenn, oder gerade weil du eine Frau bist. Und du bist so viel mehr geworden, als ich mir je erhofft habe – du warst mein Traum.« Das Brennen in meinen Augen wird wieder mehr und mein Kinn bebt. Moment mal, hat sie uns vorhin belauscht? »Und dennoch vergeht kein Tag, an dem ich mir nicht wünsche, mich damals anders – mich für deinen Vater – entschieden zu haben.« Sie wischt sich eine kleine Träne weg, noch ehe ich sie überhaupt bemerkt habe. Beherrscht wie immer, obwohl ihre Worte eine andere Sprache sprechen.

»Ich hab's versucht, Mum. Was soll ich noch mehr machen?«

»Kämpfen, verdammte Scheiße«, wiederholt sie das, was Holly mir vorhin an den Kopf geworfen hat, und ich bin nicht sicher, was mich mehr schockiert – diese Worte aus Mums Mund oder die Wärme in ihrem Blick. »Nun verschwinde schon.«

Ich hole tief Luft, eile zur Tür und gehe noch einmal zu ihr zurück. »Danke, Mum.« Ich hauche ihr einen Kuss auf die Wange, was sie ebenso zu überraschen scheint wie mich, schnappe mir den Wagenschlüssel und wackle los.

Amy

Ich quäle mich aus dem Wagen, watschle die Stufen zu Calvins Haustür hoch und lehne mich auf halber Strecke über das Eisengeländer. Angestrengt reibe ich mir über den Bauch und schnaube wie ein Walross, das sich an Land schleppt. Warum schmerzt mein Rücken plötzlich so heftig? Ich kneife die Augen zusammen, warte, dass das Ziehen nachlässt, und atme lautstark aus. So toll es am Anfang auch war, mir braucht keine Schwangere mehr erzählen, wie schön die letzten Wochen sind. Das ist eine schändliche Lüge. Man kann sich kaum noch bewegen, die Brüste schmerzen bei jeder Berührung und man bekommt Schnappatmung. Nicht zu vergessen dieses unsägliche Rumgeflenne und das ständige Pinkeln. Nein, schön ist ganz sicher was anderes. Ich atme noch einmal tief durch, erklimme die übrigen Stufen und drücke den Klingelknopf, ohne den Finger wieder wegzunehmen. Ich bleibe hier so lange stehen und traktiere Calvin mit der dämlichen Melodie seiner Klingel, bis er aufmacht. Oh, das ging schneller als gedacht.

Calvin hat die Arme vor der Brust verschränkt und mustert mich von oben bis unten. »Ist etwas mit dem Baby?«

»Nein.« Jede Faser seines Körpers strahlt pure Ablehnung aus. »Es ist mir egal, wie lange du mich noch ignorieren und mich auf die Art bestrafen willst, aber du wirst mir jetzt zuhören. Entweder du lässt mich herein oder alle Nachbarn werden daran teilhaben.«

Ich recke das Kinn. Hoffentlich unterstreicht das meine Entschlossenheit und kaschiert mein immer größer werdendes Doppelkinn. Calvin tritt zur Seite und auch wenn er kein »Komm doch gerne herein« ausspricht, nehme ich an, dass ich eintreten darf. Ich gehe durch die Tür in den Flur und sofort erfasst mich eine Welle der Erinnerung. Wie ich auf der Stufe dort saß und die Entscheidung getroffen habe, die alles schlagartig veränderte und wie ich wenig später eben diese Treppe herunterlief, weil er mich rausgeschmissen hat.

Calvin lehnt sich mit der Schulter an die Haustür und hält die Arme weiterhin verschränkt. Demnach werde ich nicht ins Wohnzimmer durchgelassen und wir klären das hier.

Ich fahre mir mit der Hand durch die Haare und suche nach Worten. Auf dem Weg hierher – ach was rede ich, seit Wochen – habe ich mir alles, was ich ihm sagen will, zurechtgelegt. Doch nun ist mein Kopf wie leer gefegt. Er steht weiter ungerührt da und ist mir folglich keine Hilfe. Mein Hals ist trockener als die Sahara und ich balle die Hände zu Fäusten. Meine Fingernägel drücken sich in die Handflächen, was beinahe beruhigend ist.

»Ich habe dich verletzt, aber das bedeutet auch, dass ich dir etwas bedeute.« Er zwinkert, ich habe es genau gesehen. Jetzt ist sein Gesicht wieder die unbewegliche Miene, die mir vormacht, dass es ihm egal ist, doch so ist es nicht. »Als dieses Angebot kam, war ich überwältigt, alles, worauf ich je hinauswollte, schien sich doch noch zu erfüllen. Obwohl ich schwanger war und ich dachte, meine Karriere sei am Ende. Hast du nie irgendwelche Visionen gehabt?«

In seinen Augen funkelt es, er überlegt, ob er endlich einmal auf das, was ich sage, eingehen will. Merkwürdig, dass es mir gerade in dieser Situation auffällt, aber wir haben den Punkt erreicht, den ich anfänglich so vermisste – vertraute wortlose Kommunikation.

»Amy, es ging mir nie darum, dass du deine Ziele nicht verwirklichen sollst, es geht mir um das Wie. Du hättest mit mir reden können, damit wir gemeinsam eine Lösung finden. Stattdessen hast du egoistisch deinen Weg eingeschlagen, ohne einen Gedanken daran zu verschwenden, wie es mir dabei geht. Das ist nicht nur dein Kind, doch du hast mir in dem Augenblick jegliches Recht abgesprochen und darüber hinaus …« Er stößt sich von der Tür ab, tigert bis zur Treppe und wieder zurück.

»Darüber hinaus, was?« Keine Antwort. »Und diese Lösung, von der du sprichst, wie hätte die am Ende ausgesehen?«, will ich wissen und werde immer lauter. »Dass ich meine Wünsche begrabe und zum Hausmütterchen werde?«

»Nein verdammt«, brüllt er zurück und eine Zornesfalte ragt zwischen seinen schönen Augen auf, die mir bisher nie aufgefallen ist. »Ich wäre mitgegangen, weil ich lieber irgendwo mit dir unter einer beschissenen Brücke hausen würde als hier ohne dich.«

Ich halte den Atem an, wahrscheinlich weicht mir sämtliche Farbe aus dem Gesicht und Schweißtropfen bilden sich auf meiner Oberlippe. All der Zorn, der sich in den letzten Minuten hochgeschaukelt hat, bricht wie eines unserer Kartenhäuser in sich zusammen. Ich taumle zum Treppengeländer, um mich daran abzustützen. Die Erkenntnis, dass er recht hat, trifft mich so sehr, dass ich ihn nicht einmal ansehen kann. Die Wohnzimmertür öffnet sich und mein Herzschlag setzt aus – er ist nicht allein hier. Hat er etwa bereits … Sekunden später taucht ein Rollator auf, geschoben von Granny.

»Schreit euch ruhig weiter an und lasst euch durch mich nicht stören. Es ist ja nicht so, dass eine alte Lady wie ich ihren Schlaf bräuchte.« Stumm beobachten wir, wie sie sich seelenruhig zwischen uns entlangschiebt und Richtung Küche steuert.

»Warum hast du denn nie etwas gesagt?«, unterbreche ich die unangenehme Pause und Granny lacht.

»Was für eine bescheuerte Frage.« Stirnrunzelnd schaue ich zu ihr und dann zu Calvin, dessen Mund ein kleines Lächeln umspielt. Granny macht Halt und blickt über die Schulter zu mir. »Manchmal ist nichts zu sagen, die einzige Möglichkeit, mit dem Schmerz umgehen zu können.«

Ihre glasigen Augen sehen mich mitfühlend an. Nicht verurteilend, so wie ich es eigentlich verdient habe, sondern so, als würde sie mir wünschen, selbst auch diese Einsicht zu erlangen, ehe es zu spät ist. Ich gehe auf Calvin zu, möchte ihn einfach nur in den Arm nehmen und die Sicherheit haben, dass sich alles zum Guten wendet, als es zwischen meinen Beinen feucht wird. Oder doch eher nass?

»Jetzt pinkelt sie auch noch«, kommentiert Granny trocken und schlurft weiter. Ich sehe an mir herunter und wieder zu Calvin, der panisch auf meine Beine starrt.

»Ich hole das Auto. Nein, ich rufe den Rettungswagen«, brabbelt er, wobei er hektisch durch den Flur springt und dann kurz vor mir stehen bleibt. »Warte, du pinkelst doch nicht wirklich, oder?«

Mein zynischer Blick reicht offenbar, denn er rennt los, kommt noch einmal zurück, um mich auf die Treppe zu bugsieren, und verschwindet wieder. Zwei Minuten später führt er mich von seiner Haustür herunter zum Wagen. Ich möchte lieber nicht wissen, was für ein Bild wir abgeben. Ich weit nach hinten gebeugt, aus Angst das Kind könnte auf dem Weg herausplumpsen, und Calvin mit einem Plastiksack, mit dem er den Beifahrersitz präparieren will. Das ist auch wichtig.

Ich stütze mich mit den Händen am Dach des Wagens ab und beuge mich vor, sodass mein Bauch frei in der Luft hängt. »Oh Gott, die Rückenschmerzen werden immer schlimmer.«

»Du bekommst ein Kind, was kümmern dich da Rückenschmerzen«, faselt er und klemmt die Tüte am Rand des Sitzes fest.

»Meinst du, wir können heute noch los?«, spotte ich und stoße ihn zur Seite, um mich in den Wagen fallen zu lassen. Eigentlich hatte ich vor, ab sofort einige Wochen lang Buße zu tun, aber das verschiebe ich kurzerhand auf nach der Geburt. Was für eine Schmach. Ich kenne keine Frau, die ihren Angebeteten kaum ein Jahr kennt und schon auf die Art neben ihm sitzt wie ich gerade – schnaubend, breitbeinig und mit nasser Hose.

Calvin lenkt das Auto auf die Straße, steigt sofort voll auf die Bremse und ein anhaltendes Hupen schießt an uns vorbei.

»Sorry.« Er lässt den Wagen wieder anrollen und fädelt ihn in den Verkehr ein, Sekunden später tutet das Freizeichen eines Anrufs durch das Wageninnere. Wen zur Hölle ruft er denn jetzt an? Es klickt, das Gespräch wird angenommen und Calvin plappert direkt los. »Bennet, kannst du mir kurz erörtern, wie so ein Blasensprung vonstattengeht?«

»Ähm, was?«

»Ich dachte, das kommt schwallartig heraus und alles ist klitschnass. Ist das immer so?«

»Nicht unbedingt, es kann auch nur tropfenweise kommen. Warum?«

»Du rufst nicht allen Ernstes deinen Bruder an, um ihn zu fragen, ob ich vielleicht doch gerade in deinen Wagen pinkle?«, ranze ich ihn an. Zumindest hat er den Anstand, mich zerknirscht anzusehen.

»Ist deine Fruchtblase geplatzt?«, wendet Bennet sich an mich und ich nicke, was er logischerweise nicht sehen kann.

»Ja, ich glaube, das Kind kommt jeden Moment«, japse ich und ächze, als ich mich bewege. Höre ich da etwa ein Lachen am anderen Ende der Leitung?

»Ein bisschen wird es schon noch dauern. Hast du bereits Wehen?«

»Nein, aber höllische Rückenschmerzen.«

»Wenn ihr nicht euren Kleinkrieg abgehalten und stattdessen einmal öfter zu der Hebamme gegangen wärt, die ich euch empfohlen habe, wüsstet ihr, dass das Wehen sind.« Er klingt vorwurfsvoll, sodass Calvin und ich es vorziehen zu schweigen.

»Wir sehen uns im Krankenhaus.« Damit beendet Bennet das Gespräch und Calvin sieht kurz zu mir, dann auf meinen Bauch und zurück auf die Straße.

Ich beiße die Zähne aufeinander und lasse den Kopf gegen die Nackenstütze fallen. Okay, die Schmerzen sind nicht schön, aber wenn das diese gefürchteten Wehen sind, von denen alle faseln … Ha, das schaffe ich doch mit links.

Ich krame in meiner Jackentasche, ziehe das Smartphone hervor und scrolle durch meine Kontakte. Nach nur einem Klingeln nimmt Holly ab.

»Ich bin's«, begrüße ich sie und verziehe kurz das Gesicht. Ein bisschen fieser werden sie ja schon. »Wir sind auf dem Weg ins Krankenhaus und das Kind ist halb da. Kannst du in einer Stunde da sein? Ach und kannst du mir eine Flasche Wein und eine Familienpackung Sushi mitbringen? Danke.« Sie stottert etwas, das sich wie eine Bestätigung anhört, und ich verabschiede mich.

Eine halbe Stunde später hocke ich nur im OP-Hemdchen auf der Liege und es passiert: nichts.

»Sie können auch gerne noch einmal nach Hause fahren. Wir melden uns, wenn es losgeht«, sagt die Krankenschwester zu Calvin und nimmt den Gurt des Wehenschreibers in die Hand.

»Sicher nicht«, werfe ich ein und schüttle vehement den Kopf. »Ich kann ja wohl auch nicht nach Hause und mich noch ein Momentchen ausruhen.« Sie lächelt Calvin mitleidig an und legt mir den Bauchgurt des Wehenschreibers um. »Ganz schön groß, werden es Zwillinge?«

»Wie bitte?«, kreische ich schrill und sehe sie zornig an. Ist ihr aber egal, und was erwarte ich auch. In dem Fummel würde selbst *Barak Obama* wenig respektabel wirken.

»Wollen Sie noch ein bisschen spazieren gehen, um die Wehen zu verstärken?«

Warum eigentlich nicht? Ich lasse die Beine von der Liege rutschen und stelle mich hin, als ein peitschender Schmerz durch meinen Unterleib schießt. Ähnlich dem Gefühl von starken Regelschmerzen, nur viel schlimmer. Ich ringe nach Luft und fasse mir an den Bauch. Unwahrscheinlich, dass er herunterfällt, aber sicher ist sicher.

»Na, da geht es ja schon los«, freut sie sich und bugsiert mich zurück auf die Liege. Das war es auch schon wieder. So schnell der Schmerz gekommen ist, verschwindet er wieder. »Möchten Sie ein Schmerzmittel.«

»Natürlich nicht.« Ich winke überheblich ab, als die Tür so heftig aufgestoßen wird, dass sie an die Wand knallt.

»Wo ist denn die Kleine?«, ruft Holly mit einem breiten Grinsen, meinem Sushi in der einen und einem rosafarbenen Ballon in der anderen Hand.

»Amy hat sich da wohl etwas in der Zeit vertan. Sieht so aus, als ob es noch etwas dauert.« Er steht auf und nimmt Holly das Sushi ab. »Ich bin übrigens Calvin, freut mich, dich endlich kennenzulernen.« Er wird doch wohl nicht das Sushi …

»Nüchtern sieht er sogar noch heißer aus.« Der von ihr angesprochene Abend im *Lamour* kommt mir so weit weg vor, als hätte er in einem anderen Leben stattgefunden. »Und wie lange dauert das noch so? Ich habe extra den Laden abgeschlossen, weil Melissa keine Zeit hatte.«

»Unglaublich«, nuschelt die Krankenschwester und verlässt den Kreißsaal.

»Schmeckt wie Oma unter dem Arm«, kritisiert Calvin und schließt die Sushi-Verpackung. Er hat es tatsächlich getan. Holly rattert herunter, dass sie sich extra beeilt hat, und ich beiße die Zähne bei jedem ihrer Worte fester zusammen.

»Es geht schon wieder los«, keuche ich und halte mir den Bauch. Fühlt es sich nur so an oder wird der immer härter?

»Wenn mich nicht alles täuscht, wird es schlimmer«, stellt Calvin fest und wischt mir mit einem nassen Lappen durchs Gesicht.

»Natürlich wird es immer schlimmer, du Idiot!«

Als mein Blick wieder klar wird, sehen er und Holly mich gleichermaßen erstaunt wie konsterniert an. Ich habe das laut ausgesprochen, oder?

»Weißt du was, melde dich einfach, wenn das Kind da ist. Das kann ich mir nicht ansehen, schließlich will ich ja womöglich noch mal irgendwann selbst welche und das kann einem alles verderben.« Holly gibt mir einen Kuss auf die Wange und huscht durch den Türspalt, der sich gerade vor ihr auftut, da jemand anderes in den Raum kommt.

»Na, wen haben wir denn da? Schön euch zu sehen, Leute.«

Oh Gott, bitte nicht. Kate tritt vor den Bildschirm, auf dem sie die Wehentätigkeit und Herztöne abliest, und als hätte ich es geahnt, sie rümpft die Nase auf diese unappetitliche Weise. Ich könnte schwören, dass sie trotz der zentimeterdicken Gläser nichts sieht. »Alle sieben Minuten, das geht aber flott vorwärts.«

»Flott vorwärts?«, wiederhole ich und versuche, mich auf die Ellenbogen zu stützen, als die nächste Wehe kommt. Ich winsle, klammere mich an das Gestänge des Bettes und halte die Luft an. Die Regelschmerzen wechseln zu krampfartigen Bauchschmerzen, die langsam wieder abflachen. Oh nein, wie bei Durchfall ... Ich reiße die Augen auf und sehe an die Lampe der Zimmerdecke. Das wäre es ja noch. *Mama, wie war das denn damals bei meiner Geburt? Och schön eigentlich, ich habe auf den Tisch gekackt und dann kamst du auch schon rausgeflutscht.*

Calvin streicht mir eine Haarsträhne hinter das Ohr und wischt wieder mit dem feuchten Lappen über meine Stirn. Dankbar nehme ich seine Hand und presse sie mir an die Wange.

»Ich habe einen Fehler gemacht.« Keine Ahnung, warum ich ausgerechnet jetzt damit anfange, aber es muss raus und mir laufen bereits Tränen über das Gesicht.

Er führt meine Hand an seine Lippen und küsst jeden einzelnen Fingerknöchel. »Sieht so aus, als wären wir beide gut darin.«

»Du hast mir so gefehlt«, schluchze ich und schon ist eine neue Wehe im Anmarsch.

»Sohoo, jetzt aber mal fein atmen und nicht die Luft anhalten, Leute«, drängt sich die Anwesenheit unserer Super-Hebamme wieder auf und ich presse die Kiefer aufeinander.

»Atmen!«, ranzt sie mich an und schlägt mir klatschend gegen den Oberschenkel. Kurz bin ich so perplex, dass ich sogar den Schmerz vergesse, bis er ungehindert auf mich einstürzt. Als würde sich jemand mit einem glühenden Brecheisen durch meinen Unterleib kämpfen.

Als die Wehe nachlässt, lasse ich den Kopf zur Seite an Calvins Arm sinken und dämmere weg.

»Der Muttermund ist bei sechs Zentimetern, das ist gut, Leute.« Ich bekomme nicht einmal mit, wie Kate das überprüft, und zucke schon wieder zusammen. Gefühlt kommen die Wehen inzwischen alle zehn Sekunden, was natürlich Quatsch ist, und werden von Mal zu Mal schlimmer.

»Ich will Schmerzmittel«, jammere ich und schon erfasst mich die nächste Wehe und im Abstand von nur zwei Minuten eine weitere.

»Bist du sicher?«, erkundigt Calvin sich, weil ich während der ganzen Schwangerschaft vollkommen überzeugt war, dass ich das nicht möchte. Ich schüttle den Kopf und will schreien, wimmere aber nur.

»Dann wollen wir doch mal sehen«, tönt Kate und zieht sich demonstrativ einen Latexhandschuh über.

»Bitte lass sie das richtige Loch nehmen«, flehe ich und Calvin lacht. Das fühlt sich merkwürdig an. Was tut sie da?

»Sieh nach, was sie da macht!«, schreie ich und er eilt neben Kate. Der Druck verschwindet, Kate wendet sich ab und ich sehe Calvin wartend an.

»Beim Einkaufen wühlst du doch immer tief im Regal, um die Artikel von ganz hinten nehmen zu können.« Ich schüttle fragend den Kopf, was will er mir damit sagen? »So ungefähr sah das gerade aus.«

Erneut fummelt mir jemand in der Vagina, vielleicht irre ich aber auch. Selbst in den kurzen Wehenpausen glaube ich, den Schmerz zu spüren, und kann nicht mehr sagen, was genau dort unten passiert. Ich nicke wieder weg, als eine sanfte Stimme zu mir durchdringt.

»Dein Muttermund ist bei etwa neun Zentimetern. Bald hast du es geschafft und wir holen den kleinen Mann auf die Welt.«

Auch ohne die Augen zu öffnen, weiß ich, dass es Bennet ist. Nur er, Calvin und David sind überzeugt, dass es ein Junge ist. Er lässt sich von Kate auf den Stand der Dinge bringen, als ein Widerhaken so groß wie eine Faust durch meinen Unterleib pflügt und ich aufschreie. Calvin rückt erschrocken von mir ab, doch ich kralle die

Fingernägel in seine Haut, bis die Nägel brechen. »Du hast mir das angetan!«, brülle ich und kreische noch lauter: »Gebt mir ein Schmerzmittel.«

»Amy, du hast es bald geschafft …«, redet Bennet besänftigend auf mich ein und ich richte mich mit letzter Kraft auf.

»Ist mir scheißegal, gebt mir was!«

Ich sacke wieder zusammen und Bennet schaut tiefenentspannt zu Calvin. »Keine Sorge, sieht aus wie die berühmte Szene aus *Der Exorzist*, ist aber völlig normal.«

»Bitte, ich kann nicht mehr«, höre ich mich betteln und Kate stößt einen Schrei aus.

»Die Herztöne sind weg.«

Was? Plötzlich ist mir alles egal und der Schmerz, der mich zu zerreißen droht, wird von etwas anderem, viel Schlimmerem abgelöst – panischer Angst. »Was ist mit ihr? Was ist mit unserem Baby?«, rufe ich und Calvin sieht angsterfüllt zu Bennet, als Kate auflacht.

»Leute, alles in Ordnung. Da ist bei dem kleinen hysterischen Aussetzer gerade nur der Wehenschreiber verrutscht.«

Was?! Sie schiebt ihn an Ort und Stelle zurück und sofort ertönt wieder das monotone Klopfen. Oh Gott. Ich fange an zu weinen, dies hier ist so viel mehr, als ich ertragen kann. Dachte ich vorhin im Wagen nicht noch, dass das ein Spaziergang wird? Das Sushi ist im Laufe der Zeit vermutlich verdorben. Wie lange liege ich hier schon?

»Atme Amy«, kommentiert Kate, macht es mir vor und winkt Calvin zu, dass er mitmachen soll. Der schaut sie skeptisch an, atmet dann jedoch ebenfalls ein und aus, ein und aus. Beinahe lache ich, mache aber mit. Inzwischen ist mir egal, was ich tun muss, Hauptsache, es wird erträglicher. Ich atme, schreie, weine und wimmere, als von Bennet die Worte »Bei der nächsten Wehe ziehst du die Knie an und presst« kommen.

»Toll, ich habe gelesen, dass das als angenehm empfunden werden soll«, sinniert Calvin und feudelt mir abermals mit dem platschnassen Lappen quer durch das Gesicht. Guckt der eigentlich, was er da macht?

»Jetzt, pressen!«

Ein furchteinflößender Schrei hallt durch den Raum und ich glaube, dass ich es bin. »Das ist nicht angenehm, das ist die gleiche Hölle wie vorher!«

»Nicht mehr pressen!«

Was denn nun? »Ich kann nicht anhalten«, brülle ich und Bennet hebt den Kopf über das OP-Hemdchen, das sich wie ein Zelt zwischen meinen Beinen spannt. Er hechelt, ebenso wie die, über die ich mich immer lustig gemacht habe. Calvin lacht kurz, erntet einen bösen Blick und hechelt dann ebenfalls, genauso wie Kate. Ich komme mir vor wie in einer Irrenanstalt und bin definitiv eine der Insassen. Scheißegal, ich keuche mit. Ich weiß nicht, wie oft ich presse und wie oft wir dieses Hechel-Ritual abhalten, aber irgendwann, als ich glaube, jeden Moment ohnmächtig zu werden, sagt Bennet, dass der Kopf da ist.

»Bei der nächsten Wehe kommen die Schultern und dann hast du es geschafft.« Ich versuche zu lachen, schaffe aber nicht einmal mehr das. »Komm her, Calvin, hole deinen Sohn auf die Welt.« Bennet rutscht etwas beiseite, Calvin tritt neben ihn und man kann förmlich erkennen, wie ihm das Blut etappenweise aus dem Kopf sackt.

»Das sieht noch schlimmer aus als Kates Demonstration mit dem Kunstbl…« Und er fällt wie ein Stück Holz um.

»Auch das noch«, rutscht es mir raus, doch Bennet beachtet ihn gar nicht und mit der folgenden Wehe, die nicht mehr annähernd so bösartig ist wie die davor, bringt er unser Baby auf die Welt.

Er sagt etwas, auch Kate brabbelt auf mich ein, doch ich bin zu erschöpft, um ihnen zuzuhören. »Gebt sie mir«, flüstere ich und lasse den Blick durch den Raum schweifen. Ich höre ihr Schreien und Sekunden später steht Calvin rechts neben dem Bett. Das ging aber schnell. Bevor ich etwas sage, kommt Kate von links und legt mir unser Baby in die Arme.

»Ein wunderschöner, kerngesunder Junge.«

»Doch ein Junge«, flüstere ich und schiebe vorsichtig die Decke von seinem Gesichtchen.

»Vielleicht sollten wir lieber selbst noch mal nachsehen. Du weißt schon, es ist Kate.«

Ich lache, obwohl mir alles wehtut, und halte meinen Zeigefinger an die kleine Hand, die sich sofort zu einer Faust darum schließt.

»Kate hat gelogen, du siehst gar nicht wie ein Alien aus«, flüstere ich und küsse ihn sanft auf seine Stirn, die so viel weicher ist als alles, was ich je berühren durfte.

»Nein, er ist wunderschön. Genauso wie seine Mum«, ergänzt Calvin und sein Blick trifft auf meinen.

»Hast du das Kinderzimmer eigentlich trotz des geplanten Umzugs fertiggestellt?«

»Ja, warum?«

»Weil er ein Zimmer brauchen wird, wenn wir den nächsten Punkt auf unserer Liste abhaken.« Calvin neigt den Kopf zur Seite und scheint nicht zu verstehen, bis er lächelt und sich das Grübchen auf seiner Wange zeigt. Weitere Tränen schießen mir in die Augen – ich hatte schon befürchtet, es nie wiederzusehen. »Küss mich endlich!« Und das tut er, immer und immer wieder.

Epilog Calvin

Drei Jahre später.

Okay, das sollte alles sein. Der Pfad aus Kerzen, der von der Haustür ins Wohnzimmer führt, steht, Colin hat seinen kleinen Anzug an und Dori steckt in ihrem weißen Kleid. Amy kann kommen. Ich schaue auf meine Armbanduhr und hoffe, dass sie heute pünktlich Feierabend macht. Obwohl ich damals, ohne zu überlegen, mit ihr nach New York gegangen wäre und Chris die Kartendruckerei allein weitergeführt hätte, entschied Amy sich dafür, hierzubleiben – nein, wir entschieden uns dafür. Genauso wie wir beschlossen haben, dass sie weiter als Verkaufsleiterin bei *Nexus Design* arbeitet und ich den Hausmann mime, der nebenbei von zu Hause aus arbeitet.

»Dori mags nich«, stellt Colin fest und versucht erfolglos, unsere Chow-Chow-Hündin daran zu hindern, an ihrem Hochzeitskleid herumzunagen.

Tut mir ja leid, aber da muss sie jetzt durch.

»Es dauert nicht mehr lange. Mummy kommt gleich.« Ich knie mich vor meinen Sohn, streiche ihm eine rabenschwarze Haarsträhne aus dem Gesicht und schaue ihm in die Augen. Eines hellblau und eines braun, als würde ich in einen Spiegel sehen. »Weißt du noch, wie dein Theaterstück geht?«

»Ja.« Er nickt eifrig, als wir den Schlüssel im Schloss der Haustür hören.

»Es geht los«, flüstere ich und mein Herz schlägt plötzlich so sehr, dass ich fürchte, hier auf der Stelle umzufallen.

»Ich bin zu Hau…« Amy unterbricht sich mitten im Satz, vermutlich hat sie soeben die Kerzen entdeckt. Ich höre die gewohnten Geräusche, die jeden Tag dem gleichen Ablauf folgen. Zuerst legt sie den Schlüssel in die Schale neben der Tür, danach stellt sie ihre Handtasche ab und zieht sich den Mantel aus, gefolgt von zwei aufeinanderfolgenden Klappern, wenn sie ihre Schuhe abstreift. Ich setze mich auf die Couch und trete mit dem Fuß versehentlich gegen unsere Schauspielkulisse.

»Shit!«, fluche ich leise und fange die überdimensionale Checkliste gerade noch auf.

»Shit daf man nich sagn.«

Amy kommt ins Wohnzimmer und sieht fragend von einem zum anderen, alles läuft nach Plan, wenn nur der Hund sich nicht winden würde, als hätte ich ihm ein Dutzend Tackernadeln ins Fell gerammt. Hätte ich mal. Das Brautkleid hängt nur noch an einem einzelnen Fetzen, gleich hat sie es geschafft und ist es los. Mit etwas roter Farbe würde es eher an *Kill Bill* erinnern als an Romantik.

»Jetz?« Colin sieht mich strahlend an, die Pausbacken vor Freude ganz rot und ich nicke.

»Was ist denn hier los?«, haucht Amy und bemerkt dann die Checkliste, die mit knapp zwei Metern weit über sie hinausragt.

1. Mann und Frau lernen sich kennen. ✓
7. Wenn beide denken, dass es an der Zeit ist, bekommen sie ein Kind. ✓
2. Sie stellen fest, dass sie sich ganz sympathisch sind und sich näher kennenlernen wollen. ✓
3. Irgendwann zeigt sich dann, ob es nur ein vorübergehendes Liebesabenteuer war oder es etwas Ernstes ist. ✓
4. Sie ziehen zusammen. ✓
5. Besorgen sich einen Hund. ✓
6. Heiraten vielleicht irgendwann.

»Liebe Dori, ich lieb dich un will fua imma mit dir zammen sein. Wills du heiradn?«

Ich knete meine schwitzigen Finger und lächle zittrig. Obwohl ich es ihn in unseren Proben schon so oft sagen hörte, geht mir aufs Neue das Herz auf. Dori wälzt sich auf den Rücken und schafft es – das Kleid ist hinüber. Sie schüttelt es in ihrem Maul wie ein Jagdhund seine Beute und stolziert mit dem Fetzen in ihren Korb. Das war anders geplant.

Colin greift umständlich in seine kleine Anzughose, beißt sich dabei angestrengt auf die Zunge und zieht den weißgoldenen Ring mit dem dezenten Stein hervor.

Amy schnappt nach Luft, als er damit auf sie zukommt. »Dori will ihn nich, willst du heiradn?«

Sie lacht, Tränen stehen in ihren Augen und endlich kommt Leben in mich. Ich hocke mich zu den beiden auf den Fußboden und halte ihr einen *Edding* entgegen. »Ich hoffe, dass du den brauchst.« Sie strahlt mich an, wischt sich eilig eine Träne aus dem Gesicht und steht auf.

»Ja, mein Schatz«, antwortet sie Colin, geht zur Checkliste und malt einen großen unübersehbaren Haken hinter den letzten offenen Posten. »Mummy möchte heiraten.«

Ende

Fun Fact

Mein Debüt Dark Side of Trust war bisher das einzige Buch, in dem es um eine Schwangere geht. Story in Reverse ist das zweite und beide Bücher beginnen mit dem gleichen Satz.

- Warum noch mal habe ich mich von Eva breitschlagen lassen, sie zu begleiten? (Dark Side of Trust)

- Warum noch mal habe ich mich von Holly breitschlagen lassen, sie zu begleiten? (Story in Reverse)

Na, wem ist es aufgefallen? ;-)

Die ähnliche Thematik mit der Schwangerschaft und auch der gleiche erste Satz sind kein Zufall, sondern so gewollt, denn diesen Monat ist die Veröffentlichung meines Debüts genau fünf Jahre her.

Fünf unglaubliche Jahre, in denen die Schreiberei zu meinem ständigen Begleiter wurde und aus meinem Leben nicht mehr wegzudenken ist. Eine Zeit, in der ich unglaublich tolle Menschen – Autoren wie Leser – kennengelernt und wunderbare Freundschaften geschlossen habe, obwohl ich das vorher über Social Media nie für möglich hielt.

Ich bin mir bewusst, wie dankbar ich dafür sein kann. Was für ein Riesenglück ich habe, dass ihr mir ermöglicht, meinen Traum leben zu können. Das hier ist nicht nur mein Jubiläum, sondern auch eures, weil es Mia B. Meyers ohne jeden Einzelnen von euch nicht geben könnte, und dafür danke ich euch von Herzen.

Danksagung

Hinter mir liegen fünf unglaubliche Jahre, in denen ich in einigem routinierter geworden bin: Wie setzt man ein eBook? Wie entscheide ich mich für das Cover? Wie läuft das mit dem Lektorat und der Korrektur? Und anderes wiederum hat sich gar nicht geändert: Die Nervosität und die Unsicherheit vor einer Veröffentlichung. Wird es dir gefallen? Wird die Geschichte, die ich erzählen möchte, auch wirklich so ankommen, wie ich sie meine? Wird das Buch angenommen und mit einem guten Gefühl zur Seite gelegt, sobald es hoffentlich bis zum Ende gelesen wurde? Wie oft habe ich diese Gefühlsachterbahn schon verflucht und doch denke ich inzwischen, dass es genau so sein muss. Eben diese Aufregung zeigt mir, dass das hier nicht selbstverständlich ist. Das du nicht selbstverständlich bist und in solchen Momenten wird mir das umso mehr bewusst. Also danke ich zuallererst dir, dass du meine Bücher liest! Du bist meine Motivation und ich hoffe, dir mit meinen Geschichten ein klein wenig von dem zurückzugeben, was ich von dir bekomme – etwas Besonderes und ganz und gar nicht Selbstverständliches.

Natürlich darf ich auch meine liebe Autorenfreundin Susan Liliales nicht vergessen. Bisher gab es noch keins meiner Bücher, das sie nicht als Erste in den Händen hielt und mit ihren überwiegend bissigen Kommentaren für den letzten Schliff sorgte. Ich hoffe, dass du nie genug von mir bekommst. Inzwischen gehört auch Paula Herzbluth in unseren kleinen Kreis und ich habe selten jemanden kennengelernt, der so herzensgut ist wie du. Ich hoffe, dass du dir das nie nehmen lässt. Ja, auch ihre Kommentare sind sehr viel liebevoller als deine, Susan. ;-)
Und ein riesengroßes Dankeschön an meine Familie. Dafür, dass ihr seit fünf Jahren Verständnis habt, wenn ich geistig mal wieder ganz woanders bin oder ich mal wieder fünf, statt wie versprochen nur eine Stunde am Computer sitze.

Eure Mia